诗滢林泉

第四届缙云诗会作品集

中共重庆市北碚区委宣传部 编

SWUP
西南大学出版社
国家一级出版社 全国百佳图书出版单位

图书在版编目（CIP）数据

诗漾林泉：第四届缙云诗会作品集 / 中共重庆市北碚区委宣传部编；刘永主编. -- 重庆：西南大学出版社，2023.6

ISBN 978-7-5697-1898-0

Ⅰ. ①诗… Ⅱ. ①中… ②刘… Ⅲ. ①诗集－中国－当代 Ⅳ. ① I227

中国国家版本馆 CIP 数据核字 (2023) 第 112179 号

诗漾林泉：第四届缙云诗会作品集

SHI YANG LINQUAN：DI–SI JIE JINYUN SHIHUI ZUOPIN JI

中共重庆市北碚区委宣传部　编

刘　永　主编

责任编辑：张　昊

责任校对：于诗琦

封面配图：陈飞胜

配图编选：吴祥鸿

出版发行：西南大学出版社（原西南师范大学出版社）

地址：重庆市北碚区天生路 2 号

邮编：400715

排　　版：重庆新金雅迪艺术印刷有限公司

印　　刷：重庆新金雅迪艺术印刷有限公司

幅面尺寸：145 mm × 210 mm

印　　张：8

字　　数：160 千字

版　　次：2023 年 6 月第 1 版

印　　次：2023 年 6 月第 1 次印刷

书　　号：ISBN 978-7-5697-1898-0

定　　价：68.00 元

代 序

装订属于自己的北碚之书

龚学敏*

缙云山，一座栖居于唐诗之中的名山，李商隐的《夜雨寄北》曾为它增添了一段不可磨灭的光华，巴山的夜雨，自此氤氲了诗坛千年。此后，当代著名诗人傅天琳也 曾在缙云山农场工作、生活，并在此地开始诗歌创作。而当下的缙云诗会，也已成功举办四届，其中亦涌现出诸多优秀作品，这些诗人的创作，不断丰富着缙云山的文脉。

第四届缙云诗会诗人们的优秀采风诗、第三届“巴山夜雨诗歌奖”获奖作品，汇总成了这部厚重的诗集。在这部诗集中，我们看到了缙云山的风貌，看到了诗人们的风采，也看到了诗歌所展现出来的多元。本次诗会的主题名“诗漾林泉”，意为“山水是青绿的文字，文字是诗意的林泉”，翻开这部诗集，可以发现其间的诗意真如万斛泉源，“不择地皆可出”。

诗人们抒发着对缙云山的赞颂，但他们的赞颂并不是虚浮的，而是落在具体的事物之上，情感有切实的载体，因而真挚。诗人们各自看到了不一样的风景，并赋予风景以自己的情思。譬如说，康承佳看到了雨

---

* 中国诗歌学会副会长，四川省作家协会副主席，《星星》诗刊主编。

雾，并且从雨雾中看到了许多单用眼睛看不见的东西，仿佛其间蕴藏着离合悲欢，世间百态：

这一生，你务必去看看缙云山的雨雾

那里藏着云朵的眼泪、悲悯的风

藏着夏日的静止，藏着腊月一场雪的冬眠

——康承佳《缙云山的雨雾》

她写雨雾之高，“高过众生相”，然而雨雾又“抱着群峰”，是属于缙云山的一部分，雨雾的“虚”依附于缙云山的“实”。雨雾轻薄飘逸，超逸于人世间，然而其轻盈的体态中，却藏着无穷的重量，这构成了一组奇妙的反差，可见诗人的构思精巧。

此外，诗人们的笔墨也集中在对李商隐、傅天琳等名士的追寻，对文化的思索上。比如付炜《思远道》一诗，在这首诗中，他进行了智性的沉思，表达了诗人对语言的传承：

而我经过时，曾感到恍然

感到美的极致竟如此多褶

如此充满了歧义，我没有太多勇气

回避事物朴素的注视，就像我

没有勇气回避朴素的汉语

在我身上合拢成某种独一无二的声音

——付炜《思远道（组诗）》

这种表达通过人称的换用可见一斑。在开篇，抒情主体呈现为“我们”，“当我们走向傍晚，看见惊飞的云”，“我们如同传说那样，来到树下 / 寻找沸腾的星群”。而“我们”所朝向的对象是“你”，“想起你溺亡的碧海般的天空”，最终，诗歌又归结到“我”的身上，“朴素的汉语”最终“在我身上合拢成某种独一无二的声音”。这三个人称在诗中提示读者：诗人所思，不仅仅朝向李商隐个人，还朝向整个诗歌传统，最终指向自己。“你”的形象，与“我”渐渐重合，在重合之中，“我”最终发现了自己的声音。这也象征着，诗人们通过与前辈诗人的交流，通过对他们的观照而窥见、发现了自我。

谢沄璐也写历史，但她的表达与付炜不同，谢沄璐着眼的点更大、更广，历史与现实在她的笔下圆融交会：

巴山是唐诗的一脉走向，秋池是唐诗的

半条支流。鸳鸯火锅里，以池水炖汤汁

麻辣做底料。涮一串红红的二荆条

——谢沄璐《一首七绝拔擢了缙云山的气度（组诗）》

艾略特曾在《传统与个人才能》中提出“非个人化”主张，他认为诗不是表现个性，而是逃避个性，伟大的诗人需要借助传统来使自我显身。因此，诗人要有历史意识，需要“获得或发展对于过去的意识”，从而将自身融入传统之中。而在中国这样一个文化底蕴深厚的文明古国，诗人们和诗歌传统之间的关系从来都是亲密的，访古人之遗迹，抒今日之幽情，咏史怀古诗，在古代也是一大诗歌类型。

更为重要的是，将自身融入传统并不等于重复过去已有的模式，也并不等于否定诗人的原创性。作为诗人，其任务依然在于如何与自己的时代结合，如何发出自己的“独一无二的声音”。

令人惊喜的是，在本次诗会中，出现大量描写重庆山火救援的诗歌。2022 年 8 月，北碚缙云山发生了特大火灾，面对灾难，森林消防员、武警等专业救援力量以及党员干部、市民自发组成的志愿者队伍齐心协力，成功遏制住了不断蔓延的山火。对于这一次行动中涌现出来的英雄人物和光辉事迹，诗人们也及时响应。这一次，在历史因袭的记忆之外，诗人们又为缙云山增加了新的时代内涵。

借助他们的诗句，我们看到了“龙麻子”。他是一个小伙子，在这次灾难中，他背着装有水和食品的大背篓，朝着火焰翻腾的地方前行。山火太烈，“车乏人困”，于是他“喝半瓶水 / 再用半瓶水浇在头顶”，就这样“在没有路的路上，一点一点爬升”。

我们看到了“油锯手”黄佳琦。他是一个在缙云山下生活了十二年的安徽人，他听到号召，召集会用油锯的人上山砍树，修建防火隔离带。他不会用油锯，但为了上山，假冒油锯手：

> 我会用电锯，面对油锯束手无策
>
> 我为了扑火而做了冒牌的油锯手
>
> ——徐刚《巴山剪影（组诗）》

尽管他并不能作为油锯手出力，但是他依然在力所能及之处为扑灭山火做出贡献，并记录下在大火中勇毅前行的人们。

对现实的及时反映和表现，不能不让人想到唐代的“新乐府运动”。新乐府运动是由唐代诗人白居易、元稹等人所倡导的一场诗歌革新运动，其名为“新乐府”，乃是针对汉乐府而来，意为以自创的新的乐府题目咏写时事。承袭自乐府，昭示着这一运动所提倡的是现实主义的创作手法，强调的是对时事的反映。元白二人主张恢复古代的采诗制度，发扬《诗经》和汉魏乐府讽喻时事的传统，使诗歌起到“补察时政”“泄导人情”的作用。白居易在《与元九书》中提出“文章合为时而著，歌诗合为事而作”，这成为新乐府运动的口号。

“文章合为时而著，歌诗合为事而作”，也正是这部诗集所体现出来的精神。为山火所吟咏的诗歌，必将成为缙云山新的记忆，为缙云山更添一份风采。正如程东斌的诗句：

足迹将缙云山还给诗歌的同时
也铸就了另一部诗篇
与那首唐诗一起，养在缙云山中

——程东斌《写给北碚的诗意信笺（组诗）》

每个人眼中的北碚都是不一样的，每个人的书写又都为北碚增添了一份新的内涵，帮助我们从不同的角度去理解北碚，就像是踩下“无穷无尽的钉子”，“装订着属于自己的北碚之书”（李元胜《题沿江栈道》）。

这一书写永远不会终结，北碚的文脉也必将不断壮大、发展、继往开来。

目　录

诗画缙云山　秦廷富 / 摄

蔡旭

中国作家协会会员，国务院政府特殊津贴专家。曾任《海口晚报》总编辑、海南省作家协会副主席、中国散文诗学会副会长。

复旦遗址

我来到这里，是为了寻根
不为寻我的根，是寻母校的根
在抗日的烽火硝烟中
1938 年 2 月，复旦大学由上海内迁重庆
1946 年 7 月才迁返上海
来到北碚夏坝，只见“国立复旦大学”的校门还在
当年的小礼堂“登辉堂”还在
“博学，笃志，切问，近思。”校友于右任题写的
校训也在
站在母校遗址面前，似见到抗战、团结、进步的
大旗迎风飘扬
看到陈望道、周谷城、曹禺、胡风，一大批名家
大师奔忙的身影

听到文、理、法、商、农五院二十二系及两个
专修科学生们的琅琅书声，压过了敌机的轰炸声
即使孙寒冰教授轰然倒下，上课的钟声仍在长鸣
我来晚了，没能成为这里的学生。母校返沪那年
我才在粤西出生，又过 17 年，我才走进复旦大门
又是 50 多年过去，母校已是 115 岁
枝繁叶茂的它，一条粗壮的根正在这里
走出大门，我在签名簿上签下了我的名字
签下我不枉入门的荣幸，签下我不能辜负的传承
“日月光华，旦复旦兮。”
这是母校之魂，也是我们之魂

复旦大学旧址 吴立为 / 摄

程东斌

中国诗歌学会会员，安徽省作家协会会员，六安市作家协会副秘书长。第三届“巴山夜雨诗歌奖”三等奖得主。

烙在缙云山火焰上的足迹

烈日骑着白云的坐骑，将赤多白少的缙云山
动了手脚。烟和云，于绵延的高温中
熔成沉浮的暗火
夜雨，将一首唐诗浇得透湿
而在诗意中禅坐的缙云山，每一株草木
都热得吐尽胆汁，似青香般燃烧

山火骤起，烟云裂变。浴火的缙云山
第一次从诗意中，抽身
火海咆哮，推动翻滚的谶言
向守望者的心池，蔓延
熔炉倾倒，烈焰裹挟受刑的诗句和偈语
涌向座座心房与寺庙

灭火，保卫缙云山。火焰吹响的哨声
烧红了赴火者的瞳孔
战士从使命中来，群众从家训中来
足迹踏在火焰上
既能灭火，也能激发缙云山的雄心

飞机在上空洒下大水，摩托车的车轮
碾碎了烈焰的企图
铁锨磕碰山石的声响应和着挖掘机骨缝中

逸出的律令。手电的光束
引出了隔离带后的悲悯光亮。以火灭火
风向引领，地形加持
一场釜底抽薪的战争中，山火溃败

夜雨如约而至，消弭了残留的火种
淬炼了火焰上的足迹
足迹已被镀金，留下足迹的人却浑然不知
足迹将缙云山还给诗歌的同时
也铸就了另一部诗篇
与那首唐诗一起，养在缙云山中

北温泉的水滴与梵音

寺庙的旧址中，梵音从未消散
从草木的内部中传来，或是从石缝中
迸发。似飞旋的水音和鸟鸣
天籁和梵音就混为一谈
像泉水的喷涌之音，北碚的心池
就落在温泉的禅修中

北温泉的水滴一直在为北碚写经

用生命讴歌　姚中明／摄

写在人体里，看似无形
笔法的禅意和水滴的刀锋，都为沐浴者
消弭寒意，抽丝剥茧了病灶
能引发一场风暴的，印证了
浸泡北温泉的人，其心湖结冰已久

刀锋断水，泉水不断，断的是
一个人的贪、嗔、痴
梵音四起的泉水，昭告了北温泉的温度
接近人体的体温。人与泉水
在相互皈依中，明晰了水滴的寺庙中
人影晃动
肉身的道场里，一池温泉请下了明月

我在北温泉里潜水，在水中
与北碚对话，隔着一颗明珠的斑斓层理
话山水的呼吸
与母亲对话，隔着母亲斑驳的妊娠纹
话羊水的慈悲和生命的造化
透出温泉水面的语言，被水放大
并注入金属声，一遍遍模拟天地的腹语

诗话金刚碑

叩问缙云山上的一尊巨石
隐于巨石里的神仙
就会借助风吹乌桕树的声响，说话
说巨石的根须抓住的卦象
说风水宝地的来龙和去脉，以及
脉流中滚动的乌金

问询嘉陵江中的石头，嘉陵江水
就会为石头代言
言一条江的深情，分拣了船只的吃水线
高低或沉浮间，量出人间的重量
言北碚的姓氏中，嘉陵江和缙云山
谁是偏旁，谁是部首

一条石板路，通乡愁的滥觞
通千年金刚碑的最初家园
在古镇，风水的符图，从房屋、道路
与桥梁上，找到天人合一的寸口
也能从水音、云雾和鸟鸣声中，听见
一再泄露的天机

漫步古镇，我确定那些房屋
是靠听古韵活着，听足音，养乡愁
瓦片长满青苔
打滑的雨水和花香，成了古镇续命的药
转角间，一阵开门声传来
我顿觉全身的榫卯，一起发出歌声

八桥在北碚的画卷中叠翠

在一粒凤鸣升腾的最高处
观澜江水上的八桥。一桥抱紧一种音符
七桥，就穷尽天下的旋律
第八座桥怀抱的是北碚的音符
私藏的心率，独有的珠玑，能编织出
山水的曲谱和北碚的画外音

大桥，通高铁，通龙迹
中桥，行汽车，行时光嬗变的掠影
小桥，过鸟鸣和月光
八种不同的乐器，将北碚的一部交响曲
一奏再奏。一江碧水听了
泛起的每一朵花，都源自曲意的枝条

两岸的青山听了，常将曲调与自己的心率
相比较，然后混淆在一起
八桥在北碚的画卷中，叠翠
叠成道道彩虹，蘸彩虹为墨的北碚人
笔尖蓄满龙吟和凤鸣
八桥的影子泼在嘉陵江上
嘉陵江就深谙音律
泼在北碚人的心池中，根根心弦
就拥有震动的诗意和远方

北碚之夜　陈飞胜 / 摄

迟颜庆

笔名燕南飞。内蒙古通辽人，中国作家协会会员。第三届“巴山夜雨诗歌奖”三等奖得主。

北碚或巴山夜雨诗章（组诗）

一

金刀峡上，钓着一弯弦月

也钓着亘古不变的敬畏

那是一把刀子修改着滚滚红尘

也修改巴山夜雨的回声

我们都是前世的故人，在此偶遇

是一部史书

也是一曲歌谣，纠缠着每一块石头里的宿命

引领我们这些熟悉的陌生人

像一把把刀子

怆然归鞘

刀子

早已被风雨磨得锋利。它

早有了与峡谷上空的月亮，一试高下之心

壮士

就是在一盏烛火中破茧，被它的光芒驯服

就是一把刀子啊，他斩不断光阴

斩不断渴望

也斩不断三千弱水

就将侠骨一分为二，放在巴蜀之地

二

“每一块石头都是北碚的穴位，谁点一点
谁就会被囚禁其中”
白鱼石
伸入嘉陵江的水声里
是要饮尽一部春秋的爱恨吗？

一条江水那么长的爱恋
一条江水那么长的姻缘
喝也喝不尽啊

钓一盅风雨千年不老
钓一根白发那么长的悬念：用我的臂弯
抱紧一座城
也抱紧它的儿女

北碚有约三秋事
共赏巴山夜雨情

就将这一江水声赠予我吧，任由它们扑进我的胸口
我要蘸着它们写下
每一笔人间灯火，都是在速写北碚绝世的容颜
每一盅空茫的烟尘，都摇曳着失传的弦音

三

缙云山中，鸟儿的鸣叫在夜色中燃烧
谁能弹醒黑夜
谁
就能在此找到知音：缙云书院的墨香
听懂了无字碑的悲悯。哎
这么大的缙云古寺，敲响了谁的红尘

一根白发就是一根空弦啊
昼夜里弹
春秋也弹

手指轻轻一点，便戳中了一曲歌谣的软肋

巴山夜雨
砸中的又是谁家的韵脚啊。他和义山兄
执掌了一座江山的孤独
才会有秉烛夜谈的人
把这一生的恩怨
说了一遍
再说一遍

四

我就在北碚的这封书简上等你

像一炷唐朝的孤烟，直上云端

这一笔江山

太寂寞

与一粒粒汉字在巴山的风雨中归隐

山，这么空

能藏得下一夜的千古名句吗？

听一盏盏古色古香的灯火

弄乱了几家读书声

巴山夜雨

洇透了一夜江山。那把剪刀

剪啊

剪啊

三千里音讯，谁也剪不断

“我要从一根弦开始，诉说一次相遇

诉说一夜墨香，怎么就涨满了秋池”

花伴碚城　王永洪 / 摄

五

用一碗北碚的乡音来安慰我：东风吹
晚风也吹
人间太美：君问归期？
未有期

几尾小鱼儿，在诗人的曲子里私奔去了
游走在巴山的山水间
相遇爱
错过也爱

有流水
有人家
有山脊
有古刹

有一江之水镇守这片疆土，就足够了。足够
让你用此生找回母语的韵脚
足够了
一个心口里装满唐诗宋词的人
能找到为自己摔琴的知音

大窗

本名罗雄华，重庆市新诗学会副会长、重庆市九龙坡区作家协会主席，《重庆诗刊》副主编。

在西南大学，我深爱一朵妙龄玉兰花

西南大学盛情，将三年积蓄的
春色，统一分配给诗人们
感觉给我的要多一些
恍惚有幸福过敏和中暑的症状

我要着力描绘最繁盛的那一树玉兰
聚焦一片花海衬托出来的那一朵
她不经意撩我一下
我来不及按住猛然多余的心跳

仲春，玉兰花开时节，我都自卑
我不能领取她惊心动魄的美。更无力承受
她劫难一般凋落。但，我偏好这种无可救药的爱
每年，我都想来痛一次

那天，我同时喜欢鸢尾花
油菜花、樱花、桃花、樱桃花、李花、梨花
以及红梅和海棠
在西南大学，我深爱一朵妙龄玉兰花

她路过草坪，图书馆，运动场
路过新诗研究所的大门，阶梯教室的窗口
档案馆和博物馆的屋檐下

最后定居在三月的 C 位，诗歌的中心

我提议，从此，校花的标准
由西南大学校史馆提供
全世界的卷首语，都尽量写到西南大学的
玉兰花

图书馆前的玉兰　吴祥鸿 / 摄

付炜

河南信阳人，曾参加第十二届星星大学生诗歌夏令营、鲁迅文学院无党派人士及“两新”作家培训班等。第三届“巴山夜雨诗歌奖”二等奖得主。

寒春的树

当我们走向傍晚，看见惊飞的云
在窗匣里奔突。面前，群树宽阔如幕
藏起一缕昏光的陡峭和沉默的气味
这种苍凉的背景我们无法逃脱
寒春，起身照镜，一棵树便升起
在噪声里，融入我的身体
此刻，令人想起某年四月初临的痛苦
想起碧海般的天空
那里有陌异的故事与熟悉的忘却
有漂浮的树枝在经年的郁悒里
过去的一切，变成庭院中的暗示
变成春天般的构思
生长、漫溢、迷惑……
我们谈论一棵树何时开花，又何时
给解冻的土地逐渐上釉
雨落入万物的耳朵里，将秘密摇撼
我们如同传说那样，来到树下
寻找沸腾的星群

裂帛之书

客去波平槛，蝉休露满枝。

——李商隐

积水令人目眩，在午夜你望向
沉疴的月光，想象它，如何被一片
枯叶所击落，又是如何恰好落在
你眼前，仿佛赶来装饰一场寂寞
或是来测量你——影子的归程

南风在镜子里渐远，你用舌尖
舔去夜色身上的盐，在灯的背后
有人相爱，然后老去
你散失的答案与残存的天赋
都已蒙上一层虚无

不要怀疑了，宁可相信自己身在歧途
为了成为那些不寐者的同代人
你必须让晚潮浸透书页
将未寄的信嵌入礁石，那些你从未
启齿的谬论，将会被谁阅读、揣测

像危险的伏击，砰然一声
瓦解一片旧的花园，那苦涩的露珠
正被时光独饮着
而更多事物久久缄默，仿佛不曾
从旁观者的位置上离开寸步

思远道

你的良辰正在积雨，空山的鸟声
令深渊欢喜极了，你将掠过
眼睛里的飓风，抓一把，藏进袖子
随即若无其事，像拥有一个
严肃的秘密。为了耳朵能够
听懂玄机，为了嘴巴能够抵达庄严
为了晴空含泪，叶簇缤纷
犹如一首杰作被忽略的命运
那隔夜的景色也并未等来问津之人

驶向未来　冯平 / 摄

你难道不是所有未完的篇章？
不是奇迹的低语？所有高涨的书籍和灯
都像游荡的箴言，在丰足的
梦与醒之间，击中早晨的舷门
当道路夸张地耸立在你面前
你已经明白了时间的底细
你的工作是为那些蒙昧的脸孔卸妆
这惊心的技艺，使你常常要感受虚幻
而虚幻也正组成了你自身的一部分

拟 古

月下听逝水，听罅际吹来的风
星夜的衮衣暗自生旧，柳枝里
匿藏着前朝的墙垣。骤雪奔突
撤尘般拂拭行人阴晴的脸
而勃郁的幽径，绽开你埋掉的
春天。当羁途已被人遗忘
时辰倾倒着你的寂寞，那积雪的
松林中，有一种陌生的简洁
与壮阔。或许是为了提振我们的死
或许是为了活着而噤声

而今而后

每天，那扑向空白的努力
又会折向自身。我为了摹绘
镜子里陡直的光，使自己变得
如群山般沉缓。毕竟，我的天赋
在于坐在爱的人身旁找寻末日般的
平静。在于痴迷宿命
接受事物的教育和写作的劳动

我要承认，我并非一切的例外

最细微的钟声，也可以圈禁我
我缺乏一种无限，一种悲剧开始的
震撼感。我总是在意义丛林里
不懈地走着，为了验证梦的坚硬
与夜晚的斑驳。我不存在任何见解
别问我，时间到底脱落了什么

去观察各式的眼睛，在贫乏年代
涌入的细雪和尘土。穿过松弛的原野
抚摸一朵云掉落的碎屑
晚餐在静穆里，呈现出罐头般的
昏聩。我置身其中
感激诗的宽忍与慈悲
是的，我在说感激

碧色地带

河水仅剩残余的一洼，变成
和柳枝一般的静物，市声在不远处的
隆冬里断断续续响着
一颗星旁逸而出，但并不尖利
天空拖载着盐和伤口，回答河床上

裸露的谜。那碧色的轮廓看上去
如此虚弱，像谁的湿发
在遥远的夏日，被燥风拭除
也像舒展开的脏衣服，令人难过
而我经过时，曾感到恍然
感到美的极致竟如此多褶
如此充满了歧义，我没有太多勇气
回避事物朴素的注视，就像我
没有勇气回避朴素的汉语
在我身上合拢成某种独一无二的声音

胡中华

重庆市作家协会会员，重庆市合川区文化馆馆长。作品散见于《诗刊》《星星》《诗歌月刊》《诗选刊》等。

二乔玉兰　寒骞 / 摄

玉　兰

君子如玉，呵气若兰
在西大校园阅读你
这春风的灯盏——前世的玉
后世的兰。我们现实的玉兰，有着
鲜红的体态，洁白的内心

你跨越一个世纪的排列组合
成为一个巨大的隐喻
我曾住进桃园，路过李园
访问杏园……你被我遗忘的名字
一直就在历史的小径上
悄无声息开放……以自然的秩序
从外到内的白里透红

玉兰，在天空巨大的浮雕上
认识你，幻化的内心
让我看见你精神的脉络和
灵魂玉化的琥珀
我得以花瓣舞蹈的曲线和
阳光跳跃的声响，去雕刻你
连通你我，秘密的回音……

延伸　吴立煌 / 摄

蒋登科

西南大学中国新诗研究所教授、博士生导师，中国诗歌学会常务理事，重庆市作家协会副主席、西南大学出版社副社长。

火灾刺痛了每个人

这里是虎头山，是缙云山的一段。

这里有松涛、鸟鸣、花香；这里有繁星、皓月、远方。

这里有田园、农舍、清泉；这里有鸡鸣、鸭叫、犬吠。

虎头山耸立在都市的边缘，送来清凉山风，送来满目翠绿。

虎头山是北碚人春天的乐园，周末的登高休闲之地。

高温中的火星不知来自何方，在干燥的山林里燃起了熊熊大火。

火焰很高，浓烟滚滚，震惊了北碚，震惊了重庆，震惊了每一个热爱山水的人。

毕毕剥剥燃烧的山火，如尖刀刺痛了每个人的心。他们对着远山，对着浓烟，对着屏幕，叹息，祈福。

飘荡在半空的浓烟，窒息了每个人，浓烟好像灌进了人们的喉咙，熏黑了我们干净的向往。

碧蓝碧蓝的天空，被黑烟污染了一大片，被烈火烤焦了一大片。我们的心在战栗！

那里是树啊，长了几十年、几百年的树，长了几代人的树，装载着童年欢笑的树，带给我们绿荫和清新的树，在高温下已经被烤得枯黄的树，怎能禁得起大火的焚烧。

在众多的微信群里，我听到了奔走相告，听到了哭泣的声音，见到了集结令，人们在深夜聚集，从夜晚到白天，再从白天到夜晚，似乎都只有一个声音：保卫缙云山，保卫绿色，保卫我们的家园！

烈火考验的雄姿

身旁是熊熊烈火，它焚烧着枯枝、落叶，从地面到树梢，从一棵树到另一棵树，从一片山到另一片山。它像劫匪，像歹徒，更像是落进山林的火球，人们要阻止它的蔓延，用灭火器、铁铲、镰刀，还有血肉之躯。

凶猛的烈火炙烤着每一个靠近它的人，从黄皮肤变成红皮肤，再变成黑皮肤，手上烤出了水泡，脚上磨出了水泡，嘴唇干出了裂纹，连声音都是嘶哑的，喉咙里满是烟气的印痕。

山火是不分昼夜的。夜晚的山风更助长了它的气势。人们也就只有昼夜和它战斗。一批批退下来，一批批跟着冲上去。

在每一个临时休息点，我见到了消防队员、武警官兵、解放军战士，还有穿着马甲的志愿者，有些甚至是满脸稚嫩的孩子。他们的衣服已看不清颜色，他们的脸上全是烟尘。

最美红蜻蜓　吴祥鸿 / 摄

他们都躺下了，靠在路边，靠在树上，靠在车旁……

没有人去打搅他们。他们太累了，身心俱疲！

横七竖八躺着的人们，恰似一道亮丽的风景。他们躺着的样子，也像是顶天伫立。他们的嘴角偶尔泛起微笑，肯定是梦见了爸爸妈妈，或者爱人孩子，也可能是大火扑灭的消息！

让他们就着山风的清凉好好睡一觉吧，凶猛的山火还等着他们重新走上战场！

志愿者备好了洗脸水、矿泉水、方便面、藿香正气液、消毒液、创可贴……等他们站起来，又是一群铮铮的汉子！

摩托大军

只是在微信群里传出了一条消息：需要摩托车运输人员和物资。

四面八方的摩托车就汇聚到山下的集结地，五辆、十辆、几百辆……

我从来没有见过这么浩大的摩托车队伍，从来没有见到过这么多摩托车品牌，从来没有见过一条信息有这么大的威力。

这是四五十度的山道，这是弯多路窄的山道，这是刚刚开挖出来的便道，摩托车一辆接着一辆，上山、下山，轰鸣声响彻山野，甚至压住了烈火爆燃的声音。

缭绕在山路上的轰鸣声，倒是像一支雄壮的乐曲，吸引着山上山下的目光，敲击着每个人的耳膜。他们是在奔赴战场啊，不是刀山，是火海，他们知道前方就是危险，但他们没有退缩。

背上是背篓，是背袋，装着战场上急需的油锯、灭火器、矿泉水、砍刀、铁铲……摔倒了，爬起来继续；疲倦了，用凉水浇一下头；来来往往的摩托车，扬起的尘土，遮住了他们的身影，沉积头上、脸上、身上，我们甚至看不清他们的样子，只有他们的眼睛是明亮的，寻找着需要再次完成的任务。

这满身的尘土，飞扬的尘埃，在平常会遭人唾骂的尘土，在缙云山的山道上，却是吸引眼球的目标，像一幅绘制在大山之间的美丽油画。

我讨厌城市的噪声，此刻却爱上了摩托车的轰鸣！

冬雪隔离带　杨世兰 / 摄

远望隔离带

这是美丽缙云山的一道深深的伤痕！

从山脚到山顶，再翻过山脊，延伸到没有树木的地方！

我看见大树被伐倒了，看见小树被挖断了；我看见了泥土的颜色，看见了大地的颜色。

砍树的人，开路的人，他们也心痛啊，一片片翠绿变成了满是尘土的荒道。

但是，心痛也要砍、心碎也要挖啊！他们是在用毅力战胜自己！

没有道路的山野，不曾留下人类的足迹，多么美好的地方啊！而此刻，他们必须挖开一条路，隔断烈火的炙烤！

轮流上岗，昼夜坚守，挖掘机和砍刀，一起战斗在这片土地上，从山脚爬升到山顶。

站在山顶回望，既欣慰，又痛苦。他们做了一件不愿做又不得不做的事情。

疲倦了，躺在路边稍微休息；饥饿了，就着矿泉水吃一袋干粮。

五六十度的山坡，密密生长的森林，在挖掘机的轰鸣中，变成了一条几十米宽的通道。

这是隔离带，是阻断山火的防护墙！

我要收藏好这张令人心痛又震撼的照片，待到满山翠绿时，再慢慢回味浸润在这片土地上的汗水、泪水、欣慰、无奈！

小区微信群

这是小区业主的微信群，满满的五百人，有时静默，有时热闹，有时甚至因为一些小事争来争去。

虎头山发生山火的消息犹如一颗炸弹，在群里激起了所有人的关注。

东家长西家短的信息没有了，争执没有了，有的只是对山火的关切，只是力量的聚集。

灭火前线的信息不断传来，物资、人员的需求信息不断传来，灭火进度的消息不断传来……我在这里听到了遗憾、惋惜，我甚至听到了留言中的哭泣声。

在这个虚拟的世界里，我却见到了现实中的行动。有摩托车的人直接去了前线搬运物资，身强体壮的人到了火场扑打山火或者开挖隔离带，更多的人在募集物资：油锯、矿泉水、灭火器、十滴水、消防面罩、头灯……短短的时间就装满了一车又一车。有人发起了募捐，五十、一百、二百、五百，凑起来就是一万，三万，五万……滴水成河，为灭火的人们送去清凉和慰藉。

我在视频、照片里见到了我的朋友、同事、学生，见到了西南大学的众多熟悉的身影。他们或许衣衫不整，或许汗流浃背，或许气喘吁吁，或许疲惫不堪，但我从他们的眸子里读到了坚毅，读到了奉献，读到了热爱，读到了离开讲台之后的另一种形象……

这是多好的微信群啊，它的名字叫“学府”，满是温暖，满是关爱，满是热心，满是奉献……

夜晚，在运动场外眺望

头顶响起了直升机的声音，挂着吊桶，一趟一趟地从水源地飞往灭火现场。在蓝天的映衬之下，旋转的机翼反射出耀眼的光芒。

太远了，太高了，我无法向飞机上的人们打招呼，只能默默地注视着，算是注目礼。

学校曾发布消息，为了协助扑灭山火，两个运动场将作为直升机的临时加油站和停机坪，希望师生理解和支持！这也太客气了，我听到的是西南大学的师生一致支持的声音！我听到了他们兴奋、激动，听到了他们的信心和勇气：飞机参与，胜利在望！

黄昏时分，我走在有些昏暗的校园里，路上落满了枯叶，小草在火热的气温中煎熬。这是一个不同寻常的年份，崇德湖没有蛙鸣，荷花还没有盛开就已经枯萎，大树下缺乏凉意，只有一股热气，从脚下慢慢升腾。

运动场里的灯光并不明亮，但我还是围着它转了一圈，我见到劳累之后的直升机静静地停靠在运动场的中央，甚至看不清什么颜色，只是高悬的机翼在远

刘锦强 / 摄

处灯光的映照下若隐若现。

我知道飞机上没有人，但我依然默默注视，向飞机和驾驶飞机的人们，致以我的敬意！明天早上，它们和他们还将飞向火场，洒下拯救大山的清水。那是灭火的水，也是救命的水！

取水　王正坤 / 摄

康承佳

重庆合川人，现居湖北武汉。湖北省作家协会第十四届签约作家，曾参加第十一届星星大学生诗歌夏令营。第三届“巴山夜雨诗歌奖”二等奖得主。

缙云山的雨雾

高一点，再高一点
高过人群，高过城市，高过古刹
高过鸟鸣，高过瞭望塔，高过峰顶的目光

你看见，缙云山的雨雾
抱着群峰，高过众生相

你困惑，得有怎样的爱
才能托起迷路的星辰
托起那些月光下陡峭的心事

这一生，你务必去看看缙云山的雨雾
那里藏着云朵的眼泪、悲悯的风
藏着夏日的静止，藏着腊月一场雪的冬眠

那一刻，你必然望见那些雨雾
以轻薄而隐约的方式
跟你讲起北碚，聊起山城的出处

金刀峡

当暴雨还抢着掩埋北碚的夏天
水流早已深于岁月，穿过
金刀峡的同时，也穿过了我们

当你说起往事，我们在此却看到
峡者险，林者秀，岩者奇，水者幽
水势浩荡，与遥远盛大的落日相连

鸟兽虫鸣，都追着水声回来
只要你伸出双臂，必定被微风抱住
那是比人群更柔软的人间

在这里，我们不必
被时间与一条河流追赶
不如乘水而去
沿着山形，勾画出黄昏的弧线

对话自然博物馆

从地球的奥秘说起，土地与光，与风

在交换着什么？相邻的两块石头亿万年来

都和我们一样，相依为命

那这故事在眼前，显得遥远而亲切

关于生命的激流

那是我们共同的出处与象征

多少记忆都来自星辰

辗转迁徙，途经我们今日的肉身

恐龙的世界再没有恐龙，只剩下
一具具骸骨各就其位，站在此处
江北重庆龙身披剑板告诉你
存在的偶然以及时间的镜像

生物万象，给了我们春天的出处
一声声密语从万亿年前传来，你不必受惊
那些远古的诗话都只是在不断跟你我诉说
这片土地的亘古与年轻

自然博物馆一隅　聂平 / 摄

偏岩古镇

青石板、黄葛树、吊脚楼、禹王庙、古客栈
唱山歌，跳秧歌，打麻将，摆龙门阵

一条街道弯弯曲曲，古镇迎着我们
就这般，无所顾忌地活成了岁月原本的模样

黑水滩河流淌的何止是水，更是乡音
是母亲取水做饭、祖母屈身洗衣的倒影
偏岩，几乎复刻了
我们对时间离去后乡镇所有的想象

总是自作多情地以为
偏岩不仅仅隶属于北碚
它必然是——所有游子的故乡

是的，我有些恍惚，跟他人说起偏岩古镇
我总是细碎到房顶炊烟、赶场热闹还有接神的欢腾
细碎到孩子的追逐、祖父的叫喊
以及微凉清透的惊蛰与春分

偏岩传说　吴立为 / 摄

北碚四季

闷热的七月，只要你登顶狮子峰
不必借助群峰的情绪，凉风四起，唤着
巴山的取名，你便从此
获得了靠近秋天的可能

至于寒冬腊月，焚风效应
让雾都重庆失去了雪天，而玉尖峰上
漫天飞雪却抱着万物醒来

还有万事万物都迫不及待向前的四月
你看到玉兰在缙云山下，依旧缓缓地开
回到初秋，巴山夜雨借重庆言子儿
说的是，无数人的悄悄话

从高到低理解北碚，你仿佛理解了
四季的精致与动荡

你还没来得及开口
城市，早已露出了一首诗的雏形

李苇凡

本名李平，重庆市作家协会会员，作品散见于《诗刊》《星星》《诗歌月刊》《红岩》等刊物。

香　气

给校园增加亮度的，是玉兰

给校园增加香气的，无疑也是

一直以来，有一种神秘力量操控着西大的审美

人们都知道，却并不说破

导致一些新生无故中招

在图书馆背面，一个女孩在玉兰树下看书

花瓣落在身上，却浑然不觉

她不知道自己拥有了芳香的身体

而在操场、教室、寝室之间终日游荡

她不知道大家为什么喜欢她

而且很快有了男朋友

她不知道她对玉兰的理解

有着深刻的历史背景，她不知道

玉兰如此信任她，把她变成一位传播系的女生

加以栽培

她所理解的香气，也是 1947 年

国立女子师范学院时代，玉兰的香气

玉兰树下 蹇骞 / 摄

诗学课

诗越写越少，质量也并无提高
提笔感觉没什么可写
像白活了几十年
春光那么好，而我更多的是沮丧和茫然
在西南大学，走进吴宓先生的教室
接受诗学教育，才是最好的周末
先生教导我：“表意从形严系统，
含情述事美辞章。”
坐在七十年前的课桌，抹去灰尘
赫然显现的技巧、理论和格局，从未过时
光从讲台的方向照过来，照在我身上
像在打通经脉，往我身体里倾注一种精神
然后听他继续念：
“嘉陵春水七回黄，不死惊看汉字亡。”
几十年过去了，汉字终究没有亡
诗，也会常写常新
只是他的灰布长袍不再崭新
却依然能展现他不凡的襟怀
这是诗学教育的一个章节

李元胜

第六届鲁迅文学奖获得者，重庆市作家协会副主席。

题沿江栈道

每个人都有自己的北碚

嘉陵江带来滔滔不绝的文字
金刚碑、东阳镇或者缙云寺
带来变幻的插图

从西南大学杏园，从雷打石
或者从缙云山园艺场
从不同的时代

他们迈出的每一步
都踩下一颗钉子
装订着属于自己的北碚之书

眼前的栈道，夕阳下闪闪发亮
仿佛那些无穷无尽的钉子
在此汇聚

“实在太美了……”

望着温塘峡，我说

就在此刻

梁实秋的北碚，傅天琳的北碚

很多人的北碚

于无边烟波中悄悄重叠

沿江栈道　杨世兰 / 摄

翱翔蓝天　谭红钢 / 摄

刘清泉

中国作家协会会员，重庆市沙坪坝区作家协会主席。

玉兰三章

一

三月，玉兰用开花说事

在西大的园子里，在校史馆、博物馆

和档案馆外面，历史、旧物和人

有如沉香，渗进纯白、浅紫的花蕊

正好让清新多些厚重，玩味戳中了心窝子

才算得上不负春光

太阳真好，草坪宽大

来一杯高香红茶，渴饮

赏兰之外，今日还能有什么正经事

玉兰　杨世兰／摄

二

玉兰，被记住只在须臾之间
遗忘才会长长久久
你的喜悦向阳，你的隐忧背阴
我来的时候众声喧闹
你的泪噙在眼底，安，静
恍若超音速，无人觉知

一朵接一朵呼，一片连一片吸
有人借你之口说出绽放
有人抱着你的影子，暗自神伤

三

玉兰，曾经是“会读书的学生”[1]
只因生在西大，而非别处
白纸也不能比你更白，任何一枚汉字
落在上面，都不如你传神，走心
最好是二乔，爱情的结晶
引得“万物都在相互学习”[2]

1. “会读书的学生”，引自傅天琳《西南大学的玉兰》
2. “万物都在相互学习”，引自席永君《鱼的进化史——给柏桦》

现在，玉兰应该是个教书“先生”
从“的地得”开始，到“人口手”稍歇
含英咀华，让我们细细揣摩……

西南大学图书馆　黄鑫 / 摄

骆鹏

西南大学教师教育学院副教授，教育学博士，硕士生导师，重庆市艺术专家库成员。

北碚人，北碚的守护神
——献给每一个平凡而有力的北碚人

你长在李商隐抒情的小城

巴山夜雨涨满秋池

你长在卢作孚建设的小城

梧桐树覆盖中山路

你长在老舍和梁实秋描写过的小城

多鼠斋和雅舍飘过历史的风雨

你长在陪都的陪都

缙云如黛，嘉陵江水潺潺流过

你长在这不像主城的小城

骑着摩托车过着桀骜不驯的青春

有时你穿过小城

背上驮着一家人的希望和柴米

今夏，你终于上了热搜

留守在全国最热的小城见证历史极值

你是城中一个平凡的人

但今天，我要叫你一声勇士

你骑着摩托冲上火山的样子真的好帅

今天，我要叫你一声英雄

尽管你从没上过战场

但硝烟中，我看到了你英雄的样子

芜杂的公务，焦虑的生活

调皮的儿女，难缠的日子

谁不曾这样呢？

但今天

你把这一切放下

选择以向前的姿态奔赴

像从来没有负担一样义无反顾

今天，你代表一个小城的精神

像黄葛树长在岩石缝里攀缘不屈

烈火炙烤，烤不化你的与子同袍

45℃高温，高不过你 100℃的勇气

虎头山在燃烧，澄江火又起

浓烟中有清澈的家乡

那么多的松树和樟树

那么多的庄稼和民房

那么多熟悉和陌生的面孔

决战　万难 / 摄

还有那些叫不出名字的兄弟和姨娘
昨天还在飙车的你
今天就骑上摩托冲进了上山的小道
昨天还在天生市场抱怨日子艰难的你
今天就把货物放在了捐赠点
还有社区的你
跑团的你
师生群里的你
志愿者的你
为了这座深爱的小城
全都成了北碚的守护神
哪怕是一箱水呢
哪怕是一双手呢
哪怕是一个电筒呢
哪怕是一个铁耙呢
多一点物资守护一分希望
多一个人守护一份力量
北碚的北，是背靠背的北呀
北碚的碚，是被你感动的碚呀
今天，我无比热爱这座小城
每个北碚人，都是这座城市的守护神
像江岸守护鱼群，像春风守护大地
守护它的美好，更爱守护人的朴素和坚强

吕进

西南大学教授，重庆市文联第一届主席，全国文学奖评委、鲁迅文学奖评委。

重庆人

山峰构成重庆的脊梁
江涛抒发重庆的豪情
从远古的巴国大步流星地走来
逢山开洞、遇水搭桥的重庆人
重庆人，现代中国的一道风景
也许重庆人的普通话并不太标准
重庆口音喊出的“雄起”却地动天惊
不服输的气度，不退缩的血性
侠气的女子，豪气的男儿
哪里有灾难，哪里就会手拉手自动结成坚不可摧的长城
也许重庆人做事稍嫌鲁莽
重庆人的义气，重庆人的耿直却会感动千千万万颗心
极端高温下有满面汗水
满面汗水下有负重自强的坚韧
2022 年 8 月火一样的重庆
多少故事在流传，多少热泪在飞奔
江湖人间的一股英雄气
烈火前挺立的缙云山又做了一次见证

凌晨缙云山　王祥丰 / 摄

张鉴

笔名梦桐疏影，中国作家协会会员，重庆市璧山区作家协会副主席。第三届“巴山夜雨诗歌奖”三等奖得主。

漫步校园小路

弯弯绕绕的，是夜色中的白色蛟龙
驾几枚薄暮，从小河游到这片深海
古老的童话踩着露珠风吟
童年的记忆沾满红籽和野百合
那白衣少年和红裙女孩，是缀在
青春上的诗行。藤蔓缠绕的大树
则是恢宏的哲学命题

一只停在云端的鸟
正张开臂膀，以最美的幻姿准备选修
风的禅语，星的愿望
再或者是最简单的一次思想的呼吸

荷塘与树林

这片荷塘，依旧是朱自清当年的月色吗
哦，那荷香总让我迷糊
隔了近百年，依旧带着淡淡的愁绪和诗意
这一片无边的花海，盛满
蛙叫、蝉鸣，窈窕淑女的身姿
和读书郎的梦想。我想，剪一片绿叶
裁几缕芬芳，是不是可以剪辑成配乐散文

可以写书法的水字，还可以抽象为佛陀画

转入树林，到处是唐诗或宋词
抬头，低眉，举手，投足
每一次遇见，要么是王维李白的
要么是易安三变的……
缠绕的枝条，飞舞的蜻蜓
古老的树根，年轻的花朵

走着走着，我就迷失在过往的版图
和未来的风中

小栀子花

她穿着一条纯白的小裙子，在小路两旁
散漫而随意地站着
她对阳光微笑，和南风舞蹈
可是，她寂寞。她不属于任何人，也无意
给谁传达一封暧昧的情书

当我路过，含羞带露的
正在给我诉说年华的无情
而正在老去的却对我泰然微笑

我没有停下脚步，一个人的旅途
有花香在夜色里
相迎，又相送

夜 色

无疑，这是个天堂
虽然此刻我行走在人间的月色里
那些晚风为我带来年轻的时光
寂寞深处。某个密码正被破译
就像月季牡丹小小的紫色花
在静修或者热恋
几滴错落的花香，清淡着夏夜的温度
星光之下，心跳的蛩音由近至远。临行
徘徊又徘徊的眼眸，弹奏着断断续续的
风景和花香

慢行渐远

明天我就要离去。这座梦中的花园
它不属于我。走在浮动的夜色里
暗香在身体里狂野奔跑

西南大学之夜　明俊雄／摄

那些植物和植物的呢喃。那些
花香和花香的恋爱……我想征服
但无法征服

我想带走些
豪奢澎湃的嘉年华，但手指和心灵
都有无法缝补的缝隙。岁月是把小锯子
把繁枝茂叶和盛开的时光，都锯成支离破碎的残片
月下，一个叫梦的影子
正在发芽

我深爱玉兰的孤独

玉兰的白藏着经年的雪
囚困的时间，隐秘的悲喜
酿造着孤独的美酒

细雨氤氲，煮着满园春色
她身体里的马达，空转加速

年年岁岁，一半燃烧，一半荒芜
燃烧的一半，是含笑的泪，是忍痛的吻

是高高举起的精神火炬

荒芜的一半，是她用利剑斩断一切锁链
光秃秃的生命拥有清晰的筋骨
和辽阔的长天

当蝴蝶的羽翼掠过春天的额头
她在炭火的回望中独自离去，脚踏悬崖
从孤独到孤独，云朵为伴

玉兰在春风里走动

这是玉兰的春天，相同的春天
整座学府，整座缙云山
一片白雪，一片红云
白雪覆盖黑夜，红云融进黎明

无数玉兰在时间里走动，在春风里走动
鸟群迁徙，群星升起
每一朵都高擎起酒樽——收容风雨，锁住光明
也向伟大的天空致敬

玉兰挺直腰身，奋力从百年前的根茎获得滋养
创造出活跃而璀璨的花朵

仿佛行走梦境，灵魂的露珠轻坠草木
大地如此肥沃，花开如此繁盛

燃尽的火焰吸纳了太阳的光芒
年轻的灵魂从落英里长出
淡雅的芬芳，细密的叶片
在时空里绵绵不断，散布开来

泥文

重庆开州人，中国作家协会会员。文字散见于各种刊物和选本。曾获多种奖项。

禅幽　谭耀／摄

在迦叶道场

来到这里，风声安静了许多
轻手轻脚的样子像极了一只乖巧的猫

我不敢放重脚步
那一步一步往上的石梯
每一块都在阅读和审视我已经犯下的罪孽

香烛烟雾里，我不敢弯下腰去
怕弯下去自己就再也没有勇气直起来

他们在与迦叶道场的砖瓦合影
我看到数百年前的诵经声缕缕升起
走进敲木鱼时落下的小木槌

一个女居士不为尘世所动
我试图敲响那警世的钟声

在佛像的笼罩里，迦叶道场经幡飘舞
我刻意将自己往有阳光照射的地方挪了挪

金刚碑抒怀

每一个离去的人的脚印在这里雕刻着历史
每一种在这里说过的方言将这个村庄写成了赋

战火时迁徙的岁月顺着嘉陵江水拐进这里
小憩过后，那么多人只带走了他后面的岁月

我来到这里见证他们见证过的地域
他们却无法见证我此时见证的村庄

一条溪流流成金刚的样子
比那条如今只用来观赏的小船更有度人的阅历

依沟槽而上的石板路，心窄时一个人独行
心宽的时候一群人可以捻风弄月

前人的屋檐美女相携自成风景
前人的足印在今人的足印下长成碑的样子

是谁用南腔北调混合后的嗓子
喊醒漂泊巷里漂泊人

栽下的黄葛树已深入碑石深深深几许
嘉陵江水馈赠的《金刚碑赋》时时发出弄潮的声音

金刚碑之夜　陈飞胜 / 摄

缙云山拾句

天高气爽时，我在你的身子上捡拾了一天的糖果
你默许一个小灵魂的打扰和自度

从根部开始，一层一层地轻扣与贪婪
我不会是第一个也不会是最后一个

你接纳迎风的骨骼也接纳腐朽的肉身
重叠成你现在的高度

只要站在你的山石泥土上，为你代言
一只蝼蚁或者一只鹰没有什么区别

千百年的日月千万种生灵
在你的胸襟里养身，吐纳，做道场

一片树叶无声无息落下
一个新生的啼哭响亮地飘起

在云山相接振翅而翔的时间里
你张开的臂膀与我张开的臂膀一样

那是爱的姿势，一个接纳一个索取
为谁准备了太多年头

秦俭

重庆市北碚区作家协会会员，西南大学出版社副编审。

结　香

冬日漫长

竟有些忘了春天的模样

于是 一缕春风

在枝条上绕成花结

于是 从沉梦中醒来

我嗅到结香的芬芳

花漾　杨世兰 / 摄

石子

本名欧文礼，重庆市作家协会会员，重庆市璧山区作家协会主席，供职于重庆市璧山区委党校。

玉兰，与西南大学血脉相连

缙云山的灵气、嘉陵江的浪花孕育的玉兰

扎根书香和智慧的玉兰

在春天的扉页上灼灼其华的玉兰

与西南大学血脉相连的玉兰

温润的玉

幽芳的兰

点亮一盏一盏的灯

点亮那么多的星星

点亮那么多的眼睛

点亮心灵深处幽微之光

这玉兰该是那笑靥

青春

绚烂

这玉兰该是那火炬

燃烧

引领

这玉兰该是那飞鸟

翱翔

啼鸣

这玉兰该是那文字的魂

生动

深刻

与春风相遇，玉兰就生机无限
与阳光相遇，玉兰就磊落赤诚
与时间相遇，玉兰就树大根深
与文明相遇，玉兰就内涵深邃

西南大学校园，玉兰摇曳
她的体语，定格成风景
在校史馆的墙上，永不凋零

天高云淡美校园　杨学兰 / 摄

玉兰　蹇骞 / 摄

万世长

陕西省作家协会会员，第三届“巴山夜雨诗歌奖”三等奖得主。

山水北碚

你看到什么在升腾，和我看到的
是同一片土地的烟雨之美，它以杜鹃花为翅膀
回归到柔软，它的山是十里波光给的
对心灵的触摸。我看到的北碚
光芒的奔赴，山水倾注于阳光的肺腑里

让细节显得更为精巧
比如，那一只只红隼的，色泽亲切的歌声
被密林引向骨骼惊奇的缙之山的山顶
和我眼里看到的，细雨之上流动的春天，也是完整的
也是经阳光反复确认的

它的水，是拥抱着琴声的
你看到的云彩表面，和我的某种偏爱契合
那些蓝色和绿色，有了更多灵感
北碚携带数道峡谷奔走，怎么看都是
我羡慕于它收藏着百鸟歌声，不必受制于语言

对一条江的光阴诵读。白鹭赋予了它
更多绝句的身影，所以它的嘉陵江洒下光芒
也包括金刚碑，用烟雨抚摸，以温柔引渡
北碚，有着相同的果汁，它的河谷在翠绿间秘密推进
那些被吸取的
被磨薄的透明的，和烟雨一样的

在缙云山

山顶的云海，一层比一层焦灼
你看到的褶皱，和我用心烫平的一片云杉是相同的
阳光。它深藏翠绿的光泽，而空白处的
绿，值得亲身去体验。这无疑是一片上好的
屋顶，缙云山苍翠的目光，它的褶皱空旷又宁静

由小楷到篆体，将三千亩云霞种植
由一条小径的柔软扩散，在时间的物化中
它裁开缝合的，是同一片云杉
是同一块北碚的土地上，阔叶林日渐密集的，拱券
和穹隆
势必俘获巴山夜雨，落成诗意的栖息之地

数万亩阳光减速慢行，你看到的
温塘峡仿佛醉了，它的脸颊，泛起桃子一般的云
观音峡巨大的密林空间里，一群秃鹳用密集的啼鸣
照耀
腰身轻细的晚霞，并成为
和我看到的，一并将树梢带向天空

它并不存在任何差异，落户林间

一把琴记录下清晨和黄昏，观云海时，趁着呼吸缓慢而上

巴山在北碚的尖拱上

保持飞行。它的夏天更让人依恋

相融而流动的，是古韵伸展自如的密林

云海航标　李政 / 摄

雨后的温泉谷

雨后的温泉谷，看上去，柔软而光泽
它的水比树影修长
我看到山谷，从眼睛里过滤的，更亲密的爱抚
在词语的转换上
在密林的透明之间，你看到的一个个晶体

它生长于北碚的灌木丛中。我为它截取笑容
光泽的皮肤，也许从它的身体之上
唤回天上的云朵
它吸引窗外的静物，花朵般翻晒的镜头

这一刻，我的透明一览无余
你难以掌控的行程，在无边的蓝和绿
所有绿植拔节的幸福感，它试图通过镜面释放出来
和你透明的，四周陈述全新的绿
沿谷岸若隐若现的
蝉声的潮汐，回响在体内

它的水，由漫山遍野的鲜花选派，游动于目光里
一座温泉贴上爱情的引号
一座温泉有蓝色的琴声，柔软依旧甜蜜
它带着体温拥抱石头，在北碚定居
它储存沸腾的花粉，阳光的曲线

嘉陵江畔

在嘉陵江畔看到的，和在恋人眼里看到的
都是相同的，江水弹奏心生涟漪的芦苇，此刻幸福
是相同的，我听到的
浪花的铸造和诵读，在九曲回肠里追赶着夕阳
在北碚闪动，比你看到的慢时光还要宽敞

比乡音慷慨。和我所见到的，从古老处撷取它
青春的光线和乡愁。蛙声在水塘间生长
一件乐器，获取蔚蓝色的梦，它穿过山峡无比神秘的地方
用最干净的手，用最干净的泥土
扎向大地绳索的影子

我要说的嘉陵江，栖息在北碚足够的明朗
以两岸的鸟鸣翻晒人生，你说的，在川剧里过滤掉了
所有的浮躁，都等着时间的爱由心生
而一条江的前世和今生，它的旧逝之物
依然有惊心动魄的

舒朗的黎明。此时的我，和江水一样探出身子
此时的船只格外静谧，它互换光线移动，空气中弥漫的
江水味，比如一个人的气息
它用某种偏爱堆砌，那些生于大地的
以毫无掩饰的方式行走，一直往梦境里延伸

金刚碑笔记

从嘉陵江畔推开密林，我遇见金刚碑
从古镇取出乡愁，它的树荫，是古村无法拒绝的
天空之境
它穿过溪流的，草坪的疏朗色泽
那是你看到的金刚碑在细雨中沉默，缓慢的事物
沿着一条石板路闪耀

它身体中装满乐器。它古树走廊的，窗口和
天空拐角处的，又展开序言
它的山冈备下清晨和黄昏的，它定居的位置
在山水之间，那些被鸟鸣声容纳的
村庄和水塘的，静止的地平线

在栖息之地我带回香料，和你带回的
可以辨认风的方向的，山坳的酝酿和收纳，和我的
衔含山水的句子。一片枝叶都不会走失
在客栈酒肆里，它以回乡的方式居住。在茂密的
山峦葱翠拱券上的

敞开的自己。它那被岁月雕琢的骨骼停下来
余音一直流淌在心中的
真实的存在之地。那些日渐消瘦的典故，都将归还石头
它存在的，裹挟着相似的光线和柔情

王娟娟

甘肃陇西人，第三届“巴山夜雨诗歌奖”三等奖得主。

北碚书：裁剪余生

一

北碚女孩的口音很重，浪漫是散养的清醒
无法保持低调，打开一本古书
卷起文字的缱绻，硬币般寄托
在吆喝声里
放大一滴雨的名声

请攥紧手里的水土，草籽是恩爱的见证
巴山夜雨像一场江湖救急
抑或是，良人的借口

大风骤起，闪电是一条莫比乌斯带
雾霭扑灭锐气，自由的灵魂
等一个破茧的期限，飞向巴山

亲近北碚，不再寻根问祖
巴山以外偷运风尘的商贾
像我曾经爱过的诗人，顺势关闭
晚唐的虚掩之门

为秋池耗尽才情
绸缎、音符、笔墨纸砚

或是一纸情书的刻度，催促李商隐上船
临走时留下青铜般的口碑

剪纸，不仅仅是一个动作
更是一种思念的形式，无论哪种模样
都是红烛的姿态

清澈明朗的隐喻，承载着北碚的剧情
虫鸣也成了替代品

二

思念从未停止，在隐喻的秩序中
疯长，李商隐用怀旧手法
扯出一段姻缘

临摹五谷粮食画，缄默、温顺的天空
醒着，我将半个唐朝放进羊皮卷
伏案疾书的姑娘
生长在北碚最柔软的时代

巴山夜雨 温泉故里

老城晨韵　马冀渝/摄

父亲问什么是巴山夜雨？谜底无非是
念念不忘，必有回响
月光已被剪纸女孩
装入果核

晚夏隐于词牌名，为北碚镂空雨季
米尺太短，测不出爱情的厚度

语言是一根垂钓的鱼竿
把足迹伸进巴山，和人间对立，对视

水纹涌动着诗意，淋湿唇齿间的乡愁
迎风逆行，问候很独立
我在黄昏时，替爽约人赎罪

在北碚，虚拟的梦也会实现
只有守住稚嫩的骨朵，才能安身立命

用方言迎接太阳，姑娘在轩窗内唱曲儿
或是游园惊梦，或是金戈铁马

三

李商隐将后半生，留在雨夜
哪怕是看一眼唐代的结局

石头碰撞的音律，迸发着迷人的禅意
指引游客谱写颂词
为千年等待
创作一部站立的爱情故事

母亲把睫毛束成笔的形状，为北碚落款
敲碎体内的向往
用家书表白，揣测——君问归期未有期的
弦外之音

江山拥有一朵花原始的汹涌，衣襟
被夕阳染红，背对巴山
任何喟叹都很无力
任何言语
都很接近一段浪漫的缘分

北碚属于诗人，属于李商隐，属于春天
满身纯粹的妆容

大地音符　袁傲伟 / 摄

是诗歌无法勾兑的旋律

母亲衰老之前，将慈悲
施舍给挽纱姑娘
停泊在巴山雨夜的喘息，不会擅自离开
石头长满芳草
如悲悯的佛，将自己深埋

我用泪水解释相见恨晚
为游弋的鸟鸣平息新时代的喧嚣

女孩与花季不断失重，我放下输赢
带着隐忍的梦出发
沿着山路找寻回归的渡口

人群很幸运，在日落后
拥有伊人的归期

四

情书、发簪和信件，甚至
一枚遒劲的唇印，都无法成全北碚
感性诗人的声带中

始终夹杂着一个疑问

唐朝有什么颜色？幻觉之间大风骤起
雨和李商隐有无形的默契
只是初衷仍然困惑

感觉似是而非，比如窜入黑夜的身影
遁迹在写实的表述之间

布袋装满蓝贝壳，被光阴
洗劫了几千年
夜雨寄北已成为标志，代替了星辰和呓语

多么闲情，多么逸致
又一次次偷渡红尘，拂来朱红饰物
和关于归期的答案

多少个夜晚，我只能停杯投箸
巴山落叶经历过
悠久时光的淬炼，雷声将酒馆拖入子夜

寄情北碚，一座城市的伟大在于细腻
西窗剪烛，也是人物炫耀的暧昧

风暖人间草木香　何靓／摄

爱情很真实，和天下游子彼此相爱
一杯酒在雨夜缓慢苍老

谁在出售梦境，不知道凌晨盛开的海棠
能否治愈旅客漫长的胆怯

五

巴山夜雨涨秋池，稠密的语言
迸发着完美的时代节奏

自白被唐朝诗人凝固，北碚适合用于相思
一场闪电让黑暗返潮
白天降临在嘉陵江

兴奋的时间也有周期，叶脉画
如渗入信仰的艺术，是个恒久暧昧的问题
答案自带锋芒

北碚没有清单，我已不能全身而退
把故乡的风俗
归于遗忘，雨声过于饱满
李商隐的石碑让风尘陷入僵局

恻隐之心如倾诉，舞姿般洁白的角色
终究是北碚的一瞥惊鸿

一滴雨带来唐朝，赴约者
醉倒在折返途中

诗人宠辱不惊，高唱
大风起兮云飞扬，从故乡到北碚朝圣
与撑伞人共剪余生

古刹别院 谭红钢 摄

王瑶宇

四川宣汉人，第三届“巴山夜雨诗歌奖”三等奖得主。

缙云山灭火笔记：在烈火中涅槃重生的凤凰

一

缙云山在等待一场动作舒展的雨
从布满烙铁的天空，忘我地泼下来
八月，阳光的确涂满了毒药
令森林内部的红豆杉、桫椤、珙桐、银杉
惧怕高热之风的严厉爱抚
令四照花、缙云槭、北碚榕头颅下垂
挡住能够看清生死落差的视线
需要雨、冰凉的雨、与咽喉融汇的雨
雨，没有哪个时刻比此刻更需要雨
需要把整个太平洋泄尽的雨
需要比善良之花绽放得更圆满的雨
需要将云团倾销一空的雨。但迎来的
却是一场从囚笼里释放出来的火……
奔跑的火。变成漩涡的火
把一切浪漫柔情烧成灰烬和烟云的火
就这样燃着。草木起伏，它们身体里
发出的噼啪声像一首首哀歌
令每个心系北碚的人经受电击，却不忘
赋之以比春天更真诚的祈祷

二

消防车、直升机、挖掘机的轰鸣声
在崎岖陡峭的缙云山上响彻
似一种比河水逆流更强的抗争情绪
每个消防员都在用汗水浇灌
能够锁在钟表壳里的结局和奇迹
但长满上千支翅膀的火光
还想让自身的自由幅度变得更宽
道路随着火焰蔓延，人和机器的长龙
便随之蔓延。因此在被烟雾熏得
漆黑一片的天空下，有一个
生动抽象的比喻：两条蛇
在缙云山的脊背上斗法。一条安装了火车头
在筷子条似的林木间，四处撞击吞咽
残酷而血腥，另一条充满了秩序
把答案藏在不妥协喊疼的心中
比历史书上记载的许多战役都要浩大
最后的智慧是以火灭火，但
最初的一杯水何其重要，它控制了
一场大火千万分之一的情势

为英雄送行　王飞 / 摄

三

看着北碚人民欢送云南森林消防救援人员的场景
让人不难揣摩，他们的胸腔内
怀揣着一个大海，或者十个春天
尝到胜利果实的每个人，都是通往大道与真理的人
不然往车队里塞的大西瓜
不会那么像转动的地球仪
不然消防队员的拒绝手势，不会毫无破绽
像一套达到十成功力的太极拳
绿皮车在蛇形大道上被围得寸步难行
千万人用话语弹奏出的摇滚，甜蜜而奔放
每个人几乎都在跳动，夹杂着欢歌：一粒粒饱满成熟
乐于贡献自己的石榴籽

四

灭火开掘的道路，以及火的车轮碾压的痕迹
像鞭痕一样烙在了缙云山的脊背上
此时硝烟散尽，天空澄明，一株幸存的野花
在一棵大器晚成的古树下喘息
用鼻轻嗅，它还保留着最擅长喷射的味道
我的肺腑随之在酝酿中苏醒

与缙云山在伤痛中醒来一样，缓慢
却没有迟疑。因此在缙云山
依然能寻找到李商隐的脚印
干净得令人与景心气相通的空气
依然是免费的，而且，翩跹在绿叶上的蝴蝶
将超越宇宙中的许多奇趣
下雨了。果然下雨了
劫后的第一场雨。缙云山中的居民和志愿者们
在院落里鼓掌："掌声越大雨越大！"
似乎只要心是沸腾的、是有涟漪的
天空中巨大的筛子就不会停止抖动
雨的线条那样迷人。我想给每一滴
滴在石板上、泥土上、青苔上、焦炭上
草叶上、树叶上、动物皮肤上的雨滴
取一个动如脱兔般的名字
绝不拗口，绝不影响自然的秩序
我以"春风吹又生"的名义，起誓

吴祥鸿

重庆市北碚区作家协会会员，重庆市北碚区摄影家协会主席。

马鞍溪，马鞍溪

马鞍溪发源于重庆市北碚区歇马街道境内的缙云山
山脉东南麓。它流经北碚城南新区、龙滩子水库
西南大学、北温泉街道后，在朝阳街道庙嘴黑龙潭
汇入嘉陵江。全长约 8 公里

马鞍溪是我封存 30 年的记忆
幽静蜿蜒的溪流中
水草丛生鱼来鱼往
猪狗鸡鸭一路歌唱
石拱桥边麻柳树下
男人喝茶聊天故弄玄虚神情夸张
女人淘菜捣衣翻动朱唇漫天骂娘
泥泞路上过客络绎，农人匆忙
无数次我用脚步丈量
流水清澈原野飘香

马鞍溪是我躲避二十年的梦魇
那天我又来溪边丈量
震撼这分明不是我的马鞍溪
污浊满地一片狼藉臭气熏天
被折腾得奄奄一息的土地
在心里生出了病
溪水流淌着满腹委屈

春意　李维／摄

眼泪汪汪盼望救赎
我捂着鼻孔把自己装进袋子
立马坐上车轮逃离

马鞍溪是我感恩十年的回归
当我再次来到溪边丈量
欣喜发现这还是我的马鞍溪
雨污分流管道沿溪而下
铁网石块河道护佑两旁
水深处鱼鳖探头探脑只顾开心捉迷藏
下饵人身披蓑衣斗笠兀自稳坐钓鱼台
浓荫密林间人来人往鸟语花香
湿地公园让马鞍溪气定神闲
化作绿水青山绕碚城的新项链

晓佳

本名王小佳，网名苏格拉底。西南大学教师，重庆市作家协会会员。

我们用泪水拥抱你

儿子

你的背影在八月的目光里

变得通红

我们远远地

站在你们身后，用骄傲

拥抱你

我们的家园

我们共同的根

我们的快乐和苦难

都在烈火中

背影　蒋强／摄

永生

儿子

你的汗水浸透了八月的野蛮

让瘴气变得温柔

我们坚强地

站在你们身后，用泪水

拥抱你

为你降温

为你解渴

为你濯洗

睡梦之中，遮盖笑容的蒙尘

2022 年 8 月 26 日，于北碚

众志成城，开辟隔离带 王正坤 / 摄

江苏省作家协会会员，第三届“巴山夜雨诗歌奖”三等奖得主。

谢爱平

红色的云霓，是巴山的胎记

缙云山：华蓥山脉的诗意段落划分
直立的石头上，鲜活着巴国国祚，图腾
谱牒，巴蜀图语，老掌故和老去的新闻
黄帝的试验田：采药草、浴温泉、炼丹丸
这些动词都胸肌般健硕。红色的云霓
是巴山的胎记。无上的巫术
施文字、气血以魔力，驯化山川、芸芸众生

巴人、賨人，骨骼比石头更硬
九座山峰，挺拔成山地第一代烈士雕塑群
麻衣草裳，潇洒地甩一甩头
持莆簇、矛、楯。击磬、摇鼗、抚琴
踩着巴渝舞的铿锵音韵
秀武艺、才艺去也！随武王伐纣出征

缙云飞渡，高过轩辕洞，低于
迦叶祖师的头顶。没有乡愁的
风冒昧闯入，匆匆过境
且将瀑布、溪流、湖水放生
唯七千万年老迈的缙云山寸步未移
认下水杉这个瓜娃子，陪伴老身

我不去浙东，挤唐诗之路上瘦削的蚱蜢舟

复读谢公屐的履痕。只往西南行，循斜线号
钻进缙云山，抄诗歌小径。掩耳盗铃
高攀巴山和一位叫义山的诗人
山里的碎石，子夜的雨滴，秋池的红壤
任考古学家、地质工作者、骚客们分头剖析成分

我在唐诗的行间距里踽踽独行
在线装古籍中，探测入口，讨得口令
一步三叩，亦步亦趋，仄仄平平
刷脸考勤。在虚构或写实的语境里
按照历朝历代的官话，填写上
对应的谐音。朗诵或吟哦
一把湿漉漉的诗文，恰好宜于洗身涤性

绵绵的夜雨，是巴山的表情包

佛门与俗世的窗牖，不宜对流通风
僧人“独敲初夜磬”，诗人“闲倚一枝藤”
钟声起得比夜雨稍晚，却比山雀早一个时辰
追逃硕鼠的山猫止步，趴在瓦楞上诵经
雨在佛光岩修炼，晚唐诗人在舍身崖陪练
僧寮外，与鹧鸪、顽石盘膝而坐，同声相应
坐看甜茶、檀香的烟缕，殊途同归渐入佳境
是偈语、诳语，真言、箴言？我不去较真

缙云流瀑　马冀渝 / 摄

谦虚的影子矮于湖面，轻于落叶
植被茂盛，终究捂不住辽远钟声
未必焐得热万念俱灰的灰
未必唤得醒灵心慧性的性。闲来，我与
缙云耍，摆一会儿龙门阵。不容八哥多嘴多舌
温泉寺垂花门内，善念、悲悯与木鱼
同频共振。屈膝于蒲团，血管里
流淌着梵音，和熟稔梵音的雨声

与参军大人的孤独对弈，布阵。我诚惶诚恐
他的黑子并非二十八枚繁体字形
只搬挪大过棋盘的雨滴。红方先行
我的卒子总是故步自封
跨不过秋池的坝埂。唯隔岸观雨
惺惺相惜，相互甩肥袖，越界擦拭泪痕

在宦海里游得疲惫了，在秋池畔歇歇脚力
夜雨抑或晚晴，都是盛景
捂紧嘴巴，忍住咳嗽。不把
在心头焖得滚瓜烂熟的词汇泄密招认
秋夜作雨抑或冬日化雪，怀想都是垂钓的
丝线，渝州的米线。不疾不徐，自有分寸

绵绵夜雨，是巴山的表情包

惹得牛鼻峡、金刀峡、胜天湖好生嫉恨
迷离的文字，罩上一件无法遮风挡雨的
鹤氅。不料生锈的心思露出锃亮的把柄

秋池的历法，以唐大中六年始作纪年

缙云和黛湖：唐诗的拓片或副本
一对好色的闺蜜。朦胧诗鼻祖的
好评留言波及唐宋元明清，大批量吸粉
秋池的历法，以唐大中六年始作纪年
云的面相，树的指纹，鸟的乡音，以及
日月星辰，倒影，喻体。浮浮沉沉

但见藤蔓、残荷、野果，俱长势旺盛
我以一枚标注域名且湿润的词汇作索引
聆听抑或窥视：秋池，怎样让后一拨雨融入
前一拨雨，如何把子夜托付于二更
又不声不响地发酵成唐朝的涝季，打造
相思的滥觞之地。巴山夜雨涨秋池
究竟是物理反应，还是化学反应？

企图医治爱你在心口难开的顽症
为连根拔起病灶，舀夜雨，熬膏汤

五根相思鸟绒毛，四两相思竹竹荪
三茎相思树枯须，两方相思岩背阴苔藓
一小撮相思寺香火灰烬。蹭得半指甲盖
黄帝丹炉的陈年烟垢甚好。掌西窗烛引火
劈香樟、乌桕、茶树、蜡梅为柴薪
自立秋到霜降，八九七十二天
文火。以量身定做的七绝作药引
而砂锅长期低热，已是一蹶不振

啜道家酒，参佛家禅，还是割不断俗家情缘
酒多了误事，恰好焐诗。酒是变节的水
而保鲜在唐诗里的雨，不馊味，不失真
那份没有收件人的信笺，沿着嘉陵江
兜了一圈。原路返回。其实，诗人只是
自酌自饮，自答自问。一个喷嚏
在全唐诗里弄得山鸣谷应
缙云塔、绍龙观、金刚碑、温塘峡
都听得真切分明

我捡得一根羽毛。不问天高地厚
笨拙地演练飞翔、扑腾
或生翅，为花鲢、红头长尾山雀
或无根，为绿藻、浮萍，向流水托付命运

谢沄璐

江苏如皋人，第三届“巴山夜雨诗歌奖”一等奖得主。

巴山：晚唐诗歌的绮丽遗址

那件盛世的肥袍，被跳蚤咬出洞窟
锁骨突兀的晚唐，早已穿不上身了
天下好宽广，俺想去西南
蜀道难，人们依旧进进出出
或鱼贯而入，或蜥蜴一般爬行

寄情山水，避一避牛李党争的风头
置备漂泊的行头，雇下前朝码头上的
客舟和艄公。佣金不菲。抵温塘峡
心绪不觉暖和。借船家的松明火把
俺踩踏白鱼石，朦胧诗的喻体发出闷响

王朝的湿气太重，老身的风湿性关节炎
愈演愈烈。文字也越发半生不熟。影子比
风骨更瘦一圈。罢了！整整衣冠
清清嗓子，端出些气场。佯作是个落魄君主
偏安巴山。豢养清风明月，用字词句章
堆垒宫阙楼阁。缙云，诗歌的底色，将山水
出新。云朵在山岚之上，自在舒展卷曲
低头吟哦，鬓角生出嘉陵江畔芦花的白
额角刻出山桃核一般深的皱纹

吐气，憋气，吸气。瘦骨嶙峋的丹田
能否凸起唐诗的雄势？与山蜂同病相怜
杂草丛生的野径，比苦命诗人的脚板更窄
巴山，倒是一枚巴适的实词

俺擅自以镇纸一般敦实的巴山
作抵押，按揭大中六年的秋天
一首诗，成了北碚家大业大的不动产
无论去留，义山兄都是缙云山里最痴情的
石头。这晚唐诗歌的绮丽遗址
是露得浅藏得深的嫩笋

梦中的李白矗立成天姥山的海拔
而作为“小李杜”组合中的后生
俺用一首七绝拔擢了缙云山的气度
大唐江山，属于那一拨李姓
诗歌王国，还是这一拨姓李的轮番坐庄
不谋荣荣辱辱的权术，只玩平平仄仄的格律和格局

缙云彩霞　吴立为 / 摄

夜雨：意境朦胧的川剧脸谱

云是山的衣裳，雨是水的包馅
那个组合，是铁了心的南国词根
巴山语感流畅，夜雨表意清晰
俺自顾为挤着、搡着的雨滴上户口
有些口吃，寥寥数语的七绝
把湿漉漉的词汇咀嚼两回，口感筋道否

夜雨：黛湖最土著的乡音
西南官话川黔片的小语种
有些话，适宜留在夜深人静时分絮絮叨叨
雨滴，逗哏。虫鸣，捧哏。台词倒也押韵

给水落石出和水滴石穿多一些机会
嘀嗒！一枚拟声词，阻在诗歌的喉结里
黛湖的色，便是墨的彩
松针心无旁骛，埋头缝缀一些漏洞
俺只关心山地的节气和气节。校正思想
在清远疏朗的行距里，密植高冷晦涩的株距

卸掉斗笠、蓑衣，还有从六品检校水部员外的
郎官帽，只为沐浴一场
深秋脐眼部位的透彻。恰到好处

山巅、雨中、池畔，站着、淋着、坐着的
都是俺，和那杆竖立、横躺的羊毫替身

以一首诗歌作订金，为枯槁的灵魂预购
一方墓地。自己织茧，且见习织造蜀锦技艺
碑铭太过质感，不留也罢！诗骨
能否在夜雨时分，成为行走的磷火？

诗人癖好在巴蜀之地的驿站，把山里的
风物包裹或折叠，慢递一些物品和念想
抵达远方之远。夜雨寄北
什么器皿装盛？驿站的马匹
是健是疲？对方收到的液体原汁原味吗
夜雨：意境朦胧的川剧脸谱。这一枚
举重若轻的道具，能表露什么，能遮盖什么

秋池：煎熬相思的麻辣火锅

蓝天生缙云，缙云孕夜雨，夜雨涨秋池
一群天上人间的幺妹素颜本色，道法自然
这方山水都识字断文。只是缙云山的石头
癖好默诵。黛湖的碧水偏爱朗读。秋池
欲语还休。缙云塔的翘檐和铃铛交头接耳

绿水天空城　余梅／摄

巴山是唐诗的一脉走向，秋池是唐诗的
半条支流。鸳鸯火锅里，以池水炖汤汁
麻辣作底料。刷一串红红的二荆条
游弋的温塘峡鲇鱼，是带鳞甲的明喻
煎黏稠的相思，熬浓得化不开的怀想
做一场轰轰烈烈的诗歌道场
思来想去的友情滚烫，死去活来的爱情沸热

此刻，不宜出门。夜半起兴的蛙鸣会硌脚
秋池，一方端砚。研磨镜像和心相
镌刻思念的刻度，剂量，容积，比重
烛花跳跃一下时，唏嘘和喷嚏结伴而来
唐诗和北碚的靓丽天空，被小心地
掖进收藏夹，琅琅上口
此刻，一些修饰词粉墨登场
水鸟惊飞，把字正腔圆的鸣叫交付涟漪
黑丽翅蜻梭巡，让冷却的风抵达沸点
琵琶的弦，竖笛的孔，满是淅淅沥沥的雨
翠雨轩的茶，以唐诗冲泡，最是回甘

秋池作砚，夜雨化墨，巴山是挪不动的镇纸
时空巍峨，山地空灵，若灵魂的色谱
申时的彩虹，以隔宿的雨为老酵

归期有无间，心事来去中

一块老成的危石，左撇右捺地
捋一捋青苔上茂密的须，眼泪汪汪
叫俺别走。没有勇气回顾
无法抚慰雨滴砸开的深深沟壑
俺挥一挥手，肥袖私藏了一片缙云

徐刚

上海崇明人，第七届鲁迅文学奖得主，第三届“巴山夜雨诗歌奖”特别奖得主，中国报告文学创作终身成就奖获得者。

柠檬叶子和李商隐

柠檬叶子和李商隐
我曾在缙云山上
听巴山夜雨飘落山林间的
声音，以及涌进溪流时的欢乐
还有果园诗人傅天琳
抚摸柠檬叶子时留下的目光
她像抚摸一个婴儿的脸庞
抚摸充满了母性、高贵与神圣
她首先是母亲又是种柠檬的人
她俯身在叶子旁叮咛：
你们是重庆的柠檬，如同
芳香浓郁精气神饱满，外表粗犷
而肉鲜汁多重情重义的重庆人……
在秋风秋雨如期而至的一个清晨
曙色与晨雾在缙云山缠绵
交织成一个果园的梦
在果园里飘忽行走的诗人之魂
如梦如幻地听见，天上有声音追问：
假如柠檬叶子可以飞舞喜悦
假如秋风秋雨可以点滴成诗
重庆儿女，我的中国同胞
还记得“巴山夜雨涨秋池”吗？

果园诗人的背影　聂平／摄

傅天琳：诗人是时代的歌手和弄潮儿
有苦吟者，佳构传世成为历史的存在
诗歌是存在的家，曾经在这里经过
你携走了夜雨，我栽种着叶子
现在让我和你一起
“沿着叶脉走一条浅显的路
反复咏叹，反复咀嚼月光和忧伤”
“果园，请为我打开芬芳的城门

为我胸前佩戴簇新的风景
我要继续蘸着露水为你写诗
让花朵们因为我的诗加紧恋爱
让落叶因我的诗得到安慰”
多么好啊！抓紧恋爱！
一条浅显的路，通向岁月的幽深：
“巴山，请你为我打开山门
或者一扇窗户
我是果园诗人的云中朋友，天地旅人
我来自唐朝，性好漂泊，喜爱风景
我要重访巴山，看望沧桑
还有为我煮茶，至今口颊留香的重庆人”
随即飘然，诗与梦魂

大火与背篓

八月，重庆连续高温，夜晚
巴山传来了森林大火的警讯
山火群发，点多面广
一周内十余起大火发飙
长江漂来了重庆，漂来了山脉丘陵
城在山间山在城中道路曲折高低不平

我曾被挤在马路中间，跌宕着想象
重庆怎么变成一座城?
城里住着一群什么样的人?
我亲见，巴山夜雨能落到市井深处
再流进朝天门，嘉陵江孕育着
一座山城，一片峰峦，一群乐天的人
孕育着它们的性格和命运：
前行时只能向前，说话要大声
有啥说啥，不要拐弯，不要假斯文
不吃麻辣烫？你干嘛来重庆?
不喝点烧酒？你咋个做男人?
重庆的人举重若轻
重庆小面筋道耐品
重庆的路高低曲折
重庆的摩托穿梭横行
重庆的柠檬酸甜鲜嫩
重庆的妹子漂亮超群……
一切都是天生

一切都是重庆人的命运：
背篓摩托还有棒棒妹子只能砥砺前行
缙云山一山都是火啊!
火舌兴奋地颤动着，逼近山城

刘平 / 摄

在号令之后，或者还没有听到号令
人们赶往缙云山：我能做些什么？
消防队员大声喝令：后退！后退！
那你们呢？你们为什么偏向火山行？
于是，就有了不需要动员的重庆人
还有背篓里的矿泉水、豆干、面包……
那背篓上有外婆的汗迹和温馨
它被宁静地安置在阳台一角
曾经的风霜雨雪也在背篓里存放
还有一年四季，花开花落，电闪雷鸣
现在，是外婆最高兴的时刻
她的背篓，她们的背篓，重庆的背篓
正成为重庆男人和女人的盛装
正成为志愿者，向着缙云山集结
背篓里的那份心忧，如火如焚
背篓们联结的队伍，负重前行
此刻，永不退缩的是灭火人和背篓群……
入夜，天上的星星依旧安静地闪烁
月亮挂在火光吞没中的山林
对于人间的灾难

夜空看似冷眼相向，其实忧心万分：
白云和乌云不甘地来回穿越

星月高悬，不肯离去，它们要为
那一条崎岖的背篓之路
多送去一点光明，多送去一片
星光月色洒落时的温情
火焰中的消防队员需要水
火灼烤他们的皮肉，皮肉中的水分
他们渴，他们扑火挖沟，筋疲力尽
背篓里有水，背篓在艰难行进
通往山顶火场的路崎岖、陡峭
他们手脚并用爬过七十度高坡的山顶
他们甚至只见火光看不清灭火人
顺风卷来的火焰把山烧灼成熔炉
人渴、消防服渴、灭火器也渴
志愿者送上水，救命的水
大口喝水，血管里重新浪涛滚滚
泼到身上，一瞬间成了水汽烟云……
为人与山降温，需要更多的水
只有越野摩托车才能更快冲到山顶：
火情就是命令，刹那间
重庆车灯闪烁，重庆马达轰鸣

骑士之歌

来了！来了！重庆的骑士
从大街小巷里飞驰而出的爱车
满载着飞驰的爱心
不要问我冲向火场昼夜无眠的理由
那是我的家乡，我心中永远的风景
不到第一线，不向火山行
我们就是不肖子孙！
谁也不认识谁，谁都争抢着风险
谁都叮嘱旁人：山路弯折，小心！
当西方的骑士和长矛早已成为历史
21 世纪的骑士，今在何处？
答曰：在世界东方，在日出之地
一个文明古国的大江之滨
他们的名字叫：中国重庆人
他叫龙麻子？还是龙骑兵？
他是个外卖员，自称是跑腿的
他二十出头，有青春年华的梦想
攒了三个月的跑腿钱
买得一辆心爱的二手越野摩托
山上一着火，龙麻子便越野而至：
“我能做点什么？我有摩托。”
龙麻子背起装满水和食品的大背篓

冲向山顶，摩托车颤抖着轰鸣声
临时开出的小路，残留着颠簸嶙峋土坑
龙麻子摔倒了，眼冒金星，爬起
他和他的车嘶叫着继续向上，向着
热焰腾腾处，火势顺风扑面处
向着消防员们凤凰涅槃处
那里没有胆怯，只有豪情
那里没有利益，只有使命
那里没有自己，只有他人
那是灾难之地，甚或是牺牲之地
那里又是美好之地，圣洁之地
那里充满着友爱，互助
那里找不见半点私心
在没有路的路上，连接着呼啸着
一辆又一辆摩托车，他们都是龙麻子
他们攀登在一种说不清的境界中
愈接近火场，愈接近扑火人
那感觉愈分明：灼痛，钻心的灼痛
走近从火场扑出来的勇士身边
递过矿泉水，一瓶又一瓶的矿泉水
“兄弟，你是从云南过来的吗？你叫啥？”
“谢谢你，谢谢重庆人，我叫中国武警！”
龙麻子们把山上的火光、灭火者的神勇

连同缙云山岩石的呻吟，在刹那间
传送到山城摩托越野群
顿时，更多的摩托车队，风驰电掣
从重庆的四面八方冲到山下集结点：
“装起！再加！”他们的背篓满满当当
他们背着油锯、灭火器和生活用品
上山下山，摔倒了爬起，爬起再前行
因为责任的担当，也仿佛是林火的诱惑
诱惑你和它“掰手腕”
诱惑你发动从未有过的速度与激情
诱惑你践行踔厉奋发的大无畏精神
诱惑你用血肉之躯与山火对话：
不是我退你进，就是你退我进
你必须退我必须进！
把一分一秒都用双手攥紧，在骑士眼里
时间不是金钱，时间就是生命
山的生命城的生命父母和娃娃的生命！
雄起！雄起！他们如英雄一般
在火的边缘，在悬崖边缘，在生死边缘
来回驰骋，势不可挡，威风凛凛
魏松涛是汽修店主，“还修什么车？”
关门！四天往返火场，妻子一路陪伴
陪他说话，陪他提神，陪他摔倒

四十摄氏度高温，车乏人困
龙麻子想打个盹，“不行！”
他自己命令自己。喝半瓶水
再用半瓶水浇在头顶
挖掘机正等着他们车上的钢筋
他们把自己也熬成了“钢筋”
这些“爆参子”——重庆百姓眼中
闯劲满满却也莽撞的年轻人
在没有路的路上，一点一点爬升
他们的攀登是另一种攀登
是轰轰烈烈，也是清澈宁静
他们和灭火战士一起
筑起了我们新的长城
当山顶火光熄灭残烟四散
如凤凰涅槃，它是重庆的光明顶
摩托车破烂了，摩托车手回家了
明天去修车，该干啥干啥
让背篓也稍事消停，它们不是物品
它们是活着的生命
龙麻子大吼一声，震惊山城
“重庆赢了！回家睡觉！”

吴祥鸿 / 摄

蒋强 / 摄

油锯手说

我 1989 年出生于安徽，叫黄佳琦
我不是重庆人，连重庆话也说不利索
我在缙云山下生活了十二年
十二年花开花落，十二年巴山夜雨
缙云山已经是我的山
重庆已经是我的重庆
我开车疾驰一路狂奔到山下
第一回做志愿者
不知道怎样报名？
这时有一个高个儿在大喇叭里喊话：
“会用油锯的集合，上山砍树
紧急修建防火隔离带！”
我冲向前去：“我是油锯手！”
我领得一把油锯，一份荣誉和神圣
我记得那种 44 摄氏度高温下的期待
每当一组摩托出发
便有一阵欢呼声为壮士送行
直到我也跨上了一辆摩托车
坐在一个陌生人的背后，他让我抱紧
我在欢呼声中冲向浓烟
我分在七组，有一个老外，共十三人
都是陌生人，生死与共的陌生人

此时此刻，用不着定义陌生和亲近
感受到的是人心火热，相爱相亲
我们把燃烧的树枝搬走
再扛着油锯，爬过一个又一个阶梯
爬向更高的山顶
爬山耗尽了我所有的体力
我会用电锯，面对油锯束手无策
我为了扑火而做了冒牌的油锯手
两天没有锯断过一棵树
我在羞愧中一声不吭
扛起断木树干，推向悬崖
我用尽全力，仍然羞愤难当
周围的油锯手们都在锯树都在拼命
“根本没有人管我在干什么。”
但，“生平第一次我真正感受到了
身在集体中的快乐！”
都是灰头土脸的云南甘肃重庆人
还有拍马而来的一个陕西娃
现在他们都是重庆人
我锯不了树便用尽剩的力气干杂活
还拍下了火与灭火者的身影
那些解放军那些油锯手那些陌生人
我又在电脑上坦露心声：

“山火中，一个不怎么光彩的油锯手。”
叙述了生与死，叙述了火与人
叙述了一个人面对灾难，
怎样找到确切的位置：与奋勇者一起
站在大火的对立面，阻挡它的前进！
一面是火墙，一面是人墙
两天没有锯断一棵树，但
“我也是人墙里的一块砖”
砌在一起，垒在一起，连同背篓摩托车
刀斧灭火器和油锯
“个体，在这堵墙里消失了”
从此成为永恒！
我用大火中拍下的火光烟雾人影
追寻生死与共的战友：
哪怕在评论区留下一言半语
“把你的故事说出来
让更多人看见这堵人墙里的一块砖”
我首先想起拿大喇叭喊叫的大高个：
“我们要安全上山，安全下山！”
周围的志愿者一片吼声：“好！”
大高个看到文章，现身了：
“我就是你说的拿着喇叭喊的大高个”
他也是志愿者，嗓门大个子高

天塌高个儿顶，他便顶上了
他聚拢三四百名志愿者和背篓
摩托车，井井有条发号施令
像一个指挥过千军万马的将军
我收到了 1400 多条留言
所有的开头千篇一律：
“我是”“我也是”直白且毫无韵味
却是巴山上或已消失的脚印，以及
永不消逝的与山火搏斗的场景
是战士的集合自发的豪情生命的咏叹：
“我也是油锯手”
“我是你们七组多出来到八组的”
“油锯七队小组长是我先生”
“我是摩托车队的一员”
“我是医疗点的那个医生”
“我是不收钱的出租车司机”
“我是女生，不许上山非典型搬运人员”
“我是专门送水的”
“我送去了重庆妈妈做的冰糖冷饮”
“我是做盒饭回锅肉的厨子”
“我是在山下面帮忙的小姑娘”
“我是农民工”
“我是刚考上大学的学生”……

我还期待着一个威猛的大叔
爬大树用双手扑灭树梢火势的军人
希望得到他一个最简短的回应
爬树大叔说：“一朝从军，终身为兵
革命战士一块砖，哪里需要哪里搬！”
“我是”
“我是”
“我是”
“我是”……
环境使语言改变了执拗的特征
接踵而来的“我是”成为诗行
成为直击污浊与虚无的强音
他直白而诗意地告诉人们：
哪里有危险，哪里便有拯救
便有自助自救的重庆人
便有不需相识的陌生人
便有八方来援的中国人！
我要把大火与油锯手的信息
“提供一份存在过的佐证”
把相关消息检索一尽，打印裁剪
把所有回复的纸条装裱成一幅画
“语言是存在的家”，我陶醉于
每一张纸条的言说，和它们的主人

我会想象关于他们的一切

工作爱情与家庭……

你的摩托修好了吗？

你的断骨接上了吗？

你的太太临盆了吗？

你的老妈出院了吗？

你的大学开学了吗？

你的茶馆开门了吗？

当宁静的夜晚

新月如钩，挂着我的思念

满月似镜，映出我的亲朋

“寂静并非单纯的无声”

我们对话，我们回忆

在月下，在江滨，人相望，声相闻：

我们是万里长城一块砖

我们是重庆人！我们是中国人！

余晖　刘驰／摄

送别

一段航拍的重庆山火与灭火人群
在中国、在世界传布
上千名志愿者的头灯
连接成一条蓝色的光带
与火海坦然相对
山上是森林，没有灯光
战士们用铁锨、斧头，在志愿者
头灯的光照下，挖出一条隔离带
挡住了火势；
无人机拍下了黑的夜空，红的火焰
奋斗在第一线的扑火人，以及
闪烁光明无所畏惧的头灯
两次转发这些图片的华春莹
让世界为之惊叹：
这就是中国！这就是重庆！
山火熄灭了，山城安全了
飞车 1500 公里的驰援者们
要回家了
战士们说："这是一次最艰难的撤离。"
重庆不舍我们，我们不舍重庆
想多看一眼和我们并肩的志愿者
摩托车手油锯手背篓客

他们的可爱使人吃惊：
从来都是看见大火往后跑
生生往火里冲，拉也拉不住的
是重庆人，重庆崽，重庆的年轻人；
给山顶送水，送冰水的背篓和摩托
它们肩负着一个城的使命
当大火要烤干灭火者最后一滴水分时
背篓来了，摩托车来了，冰水来了
“我们和重庆人一起救火
重庆人送的水延续了我们的生命”……
“啥子话？没得你们救火
连重庆都没得命”！
万人空巷，扶老携幼，涌到马路上
提着鸡蛋水果食品各种小吃
所有重庆好吃的
除了火锅都搬到了大街上
围住了撤离的车队：
重庆人说：要不收下，收下重庆的心；
要不留下，做重庆金龟婿……
汽车被困在别样热潮中，寸步难行
本想悄悄离开的车队停下了
握手，话别，再摆下“龙门阵”
此情此景，“倾国倾城”。

一缕光　杨世兰 / 摄

泪水涌出来了，泪水发出声了
眼泪落满山城路
一滴一片云，一滴一阵雨
一滴一声雷，一滴一个坑
世界说：“这是中国独有的场景。”
重庆人说：“啷个办嘛！焦人啊！
他们要走了。”
山城街道上铺陈着十指连心
铺陈着骨肉情深
是夜江滨，清风朗月，月下有歌吟：
短长亭，古今情
楼外凉蟾一晕生
雨余秋更清
暮云平，暮山横
几叶秋声和雁声
行人不要听

待明年秋风起

今年，秋天的时光已迈过一半
白露之后是中秋
月亮像冰轮，洒下清凉的月色

抚摸着受伤的巴山和崎岖小道
以及骑着摩托，赏月的“爆参子”们
缙云山上，重庆人正在拾荒捡枯
清理战场，有时候却不得不停下
面对着那些陌生而又亲切的脚印……
用不着说重庆变得伟大
重庆人过着和以往一样的日子
买点小菜，喝点小酒，泡一壶茶
泡出一大堆“龙门阵”
他们心里总是牵挂着一座山
被大火焚烧，就连岩石也呻吟的山
重庆人要为它重栽满山绿荫
重庆人要为它呼唤荒野生灵
我在今年中秋的明月下
遥想明年秋天的重庆
月亮不会变成新的月亮
朝天门拍击着相类的浪花与涛声
只是在云端之上
声音和场景会重新集结，仿佛重现
然后是宁静，宁静就是涅槃
我在望月，重庆人也在望月
我们的目光会在月亮上邂逅
目光的叠加，使月亮变得更圆？

目光的偶遇，会不会触碰出火花?

目光与目光不会客套和寒暄

只有透彻和晶莹的爱

我的目光告诉重庆：

徐刚老矣，已经步履蹒跚

但，待明年秋风起，我会重上巴山

为新绿祝祷，为重庆献上赞美诗

挽巴山夜雨，拾柠檬叶子

滋润我枯瘦的心情；

我还会在云里雾里寻觅

骑驴的李商隐，种花的傅天琳

我们讨论着一个几是永恒的话题：

任一时代，诗人何为?

古往今来，诗性的流传随同汉字

生死与共，表里相亲，从未断续

如同大江东去，淘去了千古风流人物

却淘不尽，人间天籁，风雅音韵……

诗人啊——假如你是真的诗人

你的命运只有一种可能：

关心山上的树有没有自己的天空

关心地上的江河能不能自由流动

关心小草野花和普通人的命运

关心大地上发生的一切事情……

于是我听见天上和地上

古今诗人的聚集与吟诵

成为一种悠长绵远的和声：

我们在巴山之顶

我们在英雄之巅

我们在秋风秋雨中出发

举起柠檬叶子

走遍大地森林

杨世兰／摄

殷艳妮

重庆市作家协会会员、重庆新诗学会会员、重庆市北碚区作家协会副秘书长。

春天的来处

你多变的名字，挂在枝蔓一般的图谱上
1906 年的川东师范学堂、1946 年的相辉学院
1950 年的四川省立教育学院与国立女子师范学院
1985 年的西南师范大学与西南农业大学……
如同一枚枚时间的胶囊，静待我打开

那粗重而又昂扬的落笔，深刻、坚忍
穿透一百多年的光阴，有敦厚之姿
也有飞翔之势

在西南大学按图索骥，我不是唯一
得到线索的人
校史博物馆的照片墙面前
一张张虔诚的脸
去研读、去追寻、去仰望，去为
时间作证

袁隆平、侯光炯、吴宓，这些名字
你耳熟能详
杨肖永、萧明华、徐梅……
五百五十六万平方米的土地，更多的
是鲜为人知的奉献、牺牲
默默闪光

从校史馆出来，几株玉兰亭亭而立
灯盏高擎，每朵花都照亮了一条来路
曲折的、葱茏的
平坦的，或者起伏的

“含弘光大、继往开来”
多少风华正茂的学子从路上走过
他们经受过风霜的洗礼，也接受
春风的致意，接受如歌的赞美

而此时的我，正接受你的指引
循着花开的声音，便是循着梦想的声音
所有芬芳的起源，最初不过是
一粒种子、一点星火
一个深藏泥土之下的愿望

只待一朵花打开春天
蓄势而起、蓬勃繁荣

鸟瞰西南大学档案博物校史馆　黄鑫／摄

桃花源的春天　吴祥鸿 / 摄

碧水谣

在岸上踏歌，在密林深处
寻找房子
碧水东流，每一滴雨
都试图寻找，此生最后的岸

依然有环佩之声
碧水之下，生长香草、游鱼
谁离岸最近，谁就是
隐居多年的歌者

碧水为谣，应和船桨的节拍
趁着雨期未至，嘉陵江
略显消瘦
一枚玉兰的花瓣飘落，像小船
弯弯地，入了春天的溪流

月若初见

重庆市作家协会会员，重庆市北碚区作家协会副主席，诗作散见《诗刊》《星星》等。

偏　爱

浮躁，同质化泛滥的时代
总有一些事物让人偏爱。比如玉兰

你爱独处的沉静，闹市中不忘为内心修篱种菊
感知花蕊的变化，面对时间的蜜与蜇伤

你崇尚生命的平等，尊重每一个独立的个体
绽放的枝条上，从不借绿叶烘托自己

你热爱生活的素简，世界五光十色
你只取人性的洁白与粉色的温暖

你坦然面对死亡。承认凋零并非最后的瞬间
每天都有一小瓣生命从自身脱落

脱落前，你始终保持生命尊严的挺立
走进春天的校园，我期待与更多玉兰相遇

细细品阅读味，一季又一季种下的你们
以枝丫为笔，向天空描绘的梦想画卷
以花瓣为笺，为大地留下的动人诗篇

川东师范　吴立煌／摄

火　焰

傲视冬天的玉兰，挺拔，独立
不假一片叶的装饰与暖意

要有怎样辽阔的天空
配得上一朵朵玉兰的孕育与盛放

她们去往哪里
哪里就蓬勃出光与暖

她们能在讲台上白白净净文言文语
也能在山火中灰头土脸扛重接力

她们可以小鸟依人，也可以像个女将军
拿着大喇叭，吹响志愿者集结号，从容调兵遣将

她们可以梨花带雨柔声细语
也可以驾驭摩托铁骑，向火而行，毫不迟疑

生命的枝头上，她们一瓣一瓣打开自己
就是打开光与火焰，打开蓬勃发亮的春天

震杳

本名刘洋，中国诗歌学会会员，黑龙江省作家协会会员。第三届“巴山夜雨诗歌奖”三等奖得主。

火映缙云，星辰如海

一

壬寅之夏，太阳离人间又近了几分
刺目的光线趴在嘉陵江畔
贪婪地饮水
江滩的卵石被晒得发白，滚烫，日渐增多
火一触即发，闷热的风像产房外的父亲，焦躁踱步
自干枯的树根，火苗向上攀缘
抓紧藤条与枝叶，贪婪吸吮着绿色中的生命
几株剑麻委顿，黄葛树像染了病，片刻化成青烟
火焰的皮毛在林木掩映中闪烁
像一头被高温激怒的野兽，蛮横冲撞
举掌劈开了石头，将溪水截断
烈焰蛇一般游走
熄灭了水滴状的鸟鸣

二

缙云山的晚霞再度赤红，火光撕裂云层
逼退了温和的夕阳
蕨类植物小心翼翼舒展着叶片，昆虫捋着触须
亿万年前，这里曾是恐龙的领地，石头上巨大的足印
像卡在时光中的钥匙，旋动传说
也许是一场陨石之火，灭绝了这些远古霸主
将它们封存于石内
但勇敢的北碚人，将火焰滚烫的缰绳牢牢拉住
烈焰腾空的蹄子踏断了林木
缙云山是所有北碚人的家，儿郎们手提灭火器
扛着水泵，向滚滚浓烟处奔去
热浪瞬间攥紧了他们，肌肤烤得开裂
缙云寺的钟声响了，将信念的边缘一圈圈扩大

凤凰于飞　谭耀 / 摄

三

一千多年前，清寂的秋夜里

李商隐与缙云山共醒在一盏孤灯里

用平仄丈量着枯叶的深浅

隐忍的人，仅需一盏烛火便可

撑住黑暗。秋雨细密如发，落入黛湖

借由诗人的笔，打湿了信笺

巴山夜雨的忧思，淡淡弥漫于山间

晚唐的江山，像山火明灭动荡四伏

焦枯的气味与灰烬粘在肌肤上，清除不掉

唯在缙云山诗人才能找到一丝清凉

写下潮湿隽永的信

必须阻止火焰的手指，阅读这封信

狂躁的唇，只会把语言化为灰烬

四

崎岖的石径，是游人流连的佳处

陡峭山坡生满了黑松与翠云草

现在这些成为消防员的难题，车辆无法通行

灭火物资卡在山下

焦急的心情与山火一并焚烧着绷紧的神经

猛然，摩托车从烟尘中冲出，隆隆声响如擂鼓
这两轮的机车，与所有北碚的事物一样
关心着缙云山
它曾在赛道上驰骋，像宝马给车手带去荣耀
加大马力它一跃而起，载着消防水带
攀登上七十度的陡坡
这些骄傲的勇士，怎能容忍火焰爬得比他们还高？
一辆接一辆，卷起烟尘如浩荡的人马
发动机的怒吼，便是北碚人的怒吼
比火焰更快在山顶插起旗帜

五

一声号召，北碚人似接到了一封唐朝来信
或听见了缙云寺低缓持久的钟声
火光中佛像的面孔慈悲如昔，从容静坐
众人向街头汇聚，望着夜色中的山火揪紧了心
他们熟悉缙云山上的石径与青竹，钟爱
野苹果秋天金色的果实
为黛湖的美痴迷如醉。而山火想抹除这些
用灰烬代替回忆
今夜每个北碚人的名字都与缙云山紧密相连
年轻人躬着脊背，纷纷上山，用油锯开辟道路

人的意志构筑起一道城墙

巨大的冰块运抵，给仿佛从太阳上下来的消防员降温

烫伤与暑热被迅速医治；捐献的物资

在人群中手递手传送，纷忙有序

像草木，他们不眠不寐，在缙云山上扎根

六

山火燎蔓中人们渴望一场巴山夜雨

让沁凉的雨滴细细摩挲草木

安抚宁静的灵魂

可这并非适合思念的夜晚，人们将想说的话

压在心底，迎着升腾的火焰而去

留下种种逆光之美，冲击着泪水

英雄自古是诗的一种

树木焚毁的噼啪声，像一根根琴弦断裂

惊动石头上苍老的诗句

无数消防水带，汇聚成新的山泉，喷洒甘露

鼓风机弯转了火焰莽撞的脖颈

缙云九峰在黑暗中肃立，它们为人间

奉上了幽静与秀美，现在人们也将

为了这些山，倾其所有

七

左侧，磷黄色的一撇，是逼近的山火

像镰刀收割着林木

右侧，银白色的一捺，是人群串联起的灯光

似发光的溪流，冲开了黑暗

这是夜色中缙云山令人难忘的一幕

火光与灯影，构成一个闪耀而巨大的“人”字

深烙在人的脑海

一半磨难，一半拼搏，这便是人的意义

从甲骨文到青铜器，再到缙云山上

这是北碚人

万众一心降火魔　龙帆 / 摄

血肉长城阻火龙　王正坤／摄

是中国人的缩写，勇于支撑起生命的光芒
问荆张开茎叶，扑向野火，它的灰烬
将在一株卷柏内重生
生命从不惧怕磨难，与天上的星星一样
他们孤单，却又汇聚成星辰大海

八

土黄色的隔火带，像金色的绶带垂在缙云山上
肆虐的山火熄灭于绿色海洋
疲惫的消防员与志愿者在清晨的露水间
沉沉睡去
脸上的灰烬像童年玩耍时涂抹的泥巴
生命之火战胜了死亡之火
鸟鸣如八音盒在他们梦中缓缓转动
宁静，便是最好的奖励
用不了多久，蕨类与野花，将把这绶带覆盖
胡桃的根须在地下朝此蔓延
最后它会在霞云与钟声里消失不见
北碚人从山火中抢救出了缙云山与一封唐朝信笺
在信的末尾，写上几行新内容
让信继续在时光中传递下去

郑洪

笔名郑大光明，中国金融作家协会会员，重庆市金融作家协会秘书长，获第一、二、三届《重庆晚报》文学奖。

山名缙云

于是有了绯红的理由
朝发夕收的云，随意幻化
为飞鸟，亭台楼宇，千军万马
或者什么也不是，只一味地红着
所有的时间都是云的牧场
最后抵达一座山
山名缙云
于是有了风，雨（原是云的
另一种变化）
有了植被，虫兽，房屋和山行者

我不是最早进山的人，这一路
总有云的包围，逗引
目光因此有些含糊
语言也是
如果走出云外，我不知道
能不能还原骨骼，思想（那原是
放飞的鸢）
有没有一根线，拉我回到实地
回到苔藓的姿态

于是山就是我的依附

我将在这里行走，歇息，直到白头

便随了云去，听见钟声响起，我知道

一切都将在云外

一切都已在山中

夜雨书

这不是你能预知的归期
不是一掌红叶
就能遮住的青山
巴山很浅，藏不住一坛酒
在月明之夜，你能听到鸟啼
虫鸣，风如洞箫
这里雨水丰沛，适合栽种小叶榕
结不出红豆，可是藤蔓缠绕
把路都包裹起来，把诗歌
也包裹起来，反复吟咏
而我被夜雨包围着
耽于天气的冷暖
和水位的升降
没有什么比一场巴山的夜雨
更值得关心了，一步步退回去
就是春天的平面
请等一下
我还没有准备好几时出发

船　歌

你知道，我有一艘船

装得下所有西窗的烛光

如果嘉陵江再宽一些

再深一些，我能载走整匹巴山

包括你的房子

你的嫁妆，你胸口隐隐疼痛

如果夜雨下得再长一些

再曲折一些，你看

我就在昼夜交替之处

把秋池的水往外舀

不停地舀，直到头发染霜

背影开始佝偻

我知道你终究会回来，因此

不允许路面湿滑

不允许眼角有鱼尾纹

嘉陵飞舟　张海 / 摄

郑劲松

重庆市作家协会第五届全委会委员，重庆市散文学会副会长，重庆市北碚区作家协会副主席。

静观蜡梅是一种人生态度

只要面对蜡梅
静观就不再是一个地名
而是一种态度，一种行为
素心也不再是一个村庄
而是一种品质　一种心情

万物都有它生存的命运
一丛蜡梅选择一个地方盛开
也是天地间的默契
静观一树梅花
内心一片素净

任何一种美都是忍出来的
你也一直在忍
忍着　忍过姹紫嫣红的春天
甚至热闹的蝉声也一同流汗的夏季
即使烂漫得有些矫揉造作的深秋
你忍着，始终一言不发
恪守着最初的宁静

直到远方飘雪
直到这凛冽的寒风吹醒记忆

你突然出场，像蛰伏太久的战士

以一串一串的微笑

挑出一朵一朵的剑气

静观蜡梅 胡俊雄/摄

有一种美在骨子里养成

没有谁能抵抗遗忘
你不惜以惊艳的身姿提醒
有一种美　在骨子里养成
逆风飞扬的，是雪的亲姐妹
我必须在这最后的时刻
说出：爱你
蜡梅花一瓣接着一瓣
在伸向天空的手上迎风而开

无须下雪，在南方的丘陵
你就是闪烁着的黄色雪花
无须驻足凝视
你的香气已经扑面而来
一群群排列成行
像一团黄色的火苗次第燃烧
这一双双温暖、深情又冷峻的眼睛

这是冬天最后的花样词汇

这是冬天最后的花样词汇
一年四季最有硬度的表达
这是一道一道的光芒
好多轻浮的欲望四下逃遁
透过枝丫，我看到了天上
厚厚的云层里激动的星星

如果所有花卉都参演一台大戏
我敬重这最后的出场者
这最具骨感的花卉
应该有一段刻骨铭心的爱情
骄傲的灵魂从不娇艳
干净的内心才有清澈的眼神

就这样吧，在静观镇素心村
观赏蜡梅如同进入一种禅境
只能静静地阅读 或者侧耳倾听
我看见它的枝干通体透明
我知道
对于一种有人格魅力的花卉
任何人都将感到无比羞愧

晚安，北碚！

鏖战四天五夜，火魔安息！

守住死灰 就是最后的胜利！

凯旋，还没到子夜

天空一颗星子，红着眼睛

知道这一刻终会到来

到来的这一刻，先来的是泪

雨，还在远方做客

没关系，今晚的北碚

下了一场静静的泪雨

是的，大谢无言，大爱无声

绿水青山存证

巴山夜雨知恩

温泉故里留情

向所有扑火官兵

向所有志愿者致敬

四天五夜的速度与激情

大爱与担当，勇敢与智慧

每一个人都是英雄，是战士！

每一个人都是北碚人

突然宁静

我的北碚我的城

我的山，我的家，我的缙云

想写诗，只能写成这分行的日记
那，就这样语无伦次地说声吧
北碚晚安，晚安北碚！
明天早上，火红的太阳会照样升起
但她一定会温婉动人！

2022年8月25日夜23点40分速写

守望万家灯火　郑汉峰／摄

祝宝玉

安徽阜阳人，中国诗歌学会会员、安徽省作家协会会员，安徽省当代诗歌研究会理事，第三届“巴山夜雨诗歌奖”三等奖得主。

黛湖爱雨

爱柔软的风
爱河流那头的历史
爱错把自己当作山的一部分的雨
爱黄昏，爱静谧的石头

在北碚，黛湖
在叶子未落之前，在柄上，在鸟鸣里
雨在天空，在眼眸里酝酿
落在诗人寂寞的深夜，落在诗稿之上
山峦因雨而空旷
喧闹就此而止，诗人的窗子上闪过微弱的影子
整座缙云山在悄悄移动

有情的人，会遇到黛湖
有缘的人，会遇到一场雨
有愁绪的人，会遇到李商隐，遇到跳动的烛火
谁人来剪，都剔除不了内心的杂乱

在缙云山上

此刻，山间渐起轻雾
我们现在所说的黛湖，空寂宁静

接近完美。所有的仪式都省略了
相比历史变迁中那些无稽的讹传
这湖水的绿更加纯粹

山径蜿蜒，不容谁来整饬
我们再走一会儿，天色将经由短暂的黄昏过渡到黑夜
每一粒水波都提供转译的可能
直达一千多年前的夜雨巴山
敲一敲山路旁的青竹
提醒只顾凝思的过路人，我在这里
并把这定位也传给飞鸟
任它衔到山中某一角
可能性还是存在的，有人点开那水墨色的链接
画帧上出现李商隐的背影

我猜想他的身体会有些拘谨
朝堂上的争吵依然喋喋不休
他乏倦了，无意间加快的脚步，试图追赶上
灯笼羸弱的光亮，他的影子
把一阵阵微凉的山风收入衣袖
孑然一身的漂泊，在一千年后还在被迟缓地放大
可幸的是，每一声脚音都被缙云山仔细珍藏
作为现代文学里忧郁意象的典型

缙云落日圆　吴祥鸿 / 摄

人在北碚，致傅天琳

狮子峰还在上面
一块凸起的石头模仿着狮吼，而草木不为惊悚所动
以叠叠，以荡荡，削弱着人间的嚣嚣
有一众星辰根据一枚叶子提供的地址
你翻越书脊，步行到此
要筑房，要植树，要垦田，要养鸡鸭
要围出一座果园，春天时，开出桃花、梨花、杏花
要驯服狮子，当自己的坐骑
要把名字隐秘，用蘸着夜色的笔书写，诗行里
每一条河流
都是经过精挑细选，它必须有足够的容积葆藏
自古及今所有的忧愁
站一站，等一等，命运的苦厄与寂寞
坐一坐，听一听，温泉寺的钟声

你是一片果园
一滴水，一枚叶，一块石，一粒尘埃
在缙云山上，各自找到自己的位置，这里的夜色广大
可以置放无限量的寂寞
这里有连绵的群山，可以分担所有人的孤独
云天之上，有一场薄雨正在酝酿
在场的人终会离去，而这场雨已然持续了千年

所有的歌吟已然浸透
把一条条人们反复登临的山路洗净
后来人最终会赶上，从我们的手中接过火把
隐入黑夜中的我们，还被习习的清风轻抚
发音更加清澈

自在北碚

大自在，大格局
北碚的辽阔装得下所有恩怨情仇，要看破
要看淡，一杯茶
把青天搬进杯底，我所描述的飞云都化成了雀鸟
停驻在我窗下的枝头
此刻，在北碚，自在地诵咏，自在地写诗，携手爱人
攀登缙云山，我把幸福如此诠释

我不再贪恋绚丽，我只要自在和平静
我停下来听鸟鸣
看一只蝴蝶飞舞在花丛中，黛湖之侧，我的诗的小屋
还原人间最初的安逸
这里环绕着一条晚唐的山径，栅栏是仿古的
我的心境是禅定的

金光穿洞　吴祥鸿 / 摄

穿越百年的声音

卢作孚先生箴言

叶和根的对话 聂平／摄

自在北碚，所有北碚人都是自在的
处处吟哦，抑扬顿挫
时时拂拭，留白清明

北碚的一隅，也有诗

只一瞥
诗也是宁静的
缙云山上的风流向尘世，变成雨，洗涤干净
诗心，笔端，金刚碑
那些历经苦难的汉字更加沉稳，就坐在石碑上
等待斧子来凿
谁来雕刻北碚，都要按照既定的轮廓，缙云山的走势
以及草木的经纬

“这一页不是一支挽歌”
回到落笔的那一刻，李商隐，或傅天琳
他们行过的地方，是北碚的一隅
是我们探望的地方
诗是涂抹不掉的，删除不了的
一个人爱诗，注定一辈子
离不开那个下雨的夜晚
山路潮湿，登山者耗尽一生的力气